윤고은

1980년 서울에서 태어났다. 2004년 대산대학문학
상을 받으며 등단했다. 소설집 『1인용 식탁』, 『알
로하』, 『늙은 차와 히치하이커』, 『부루마불에 평양
이 있다면』과 장편소설 『무중력 증후군』, 『밤의 여
행자들』, 『해적판을 타고』, 『도서관 런웨이』가 있
다. 한겨레문학상, 이효석문학상, 김용익문학상,
대거상을 받았다.

밤의
여행자들

밤의

여행자들

오늘의 젊은 작가 03

윤고은
장편소설

민음사

차례

I 정글

북상하는 것.

고기압, 벚꽃, 누군가의 부음.

남하하는 것.

황사, 파업, 쓰레기.

지난 한 주간 가장 빠른 속도로 움직인 것은 부음 소식이었다. 발인이 지나면 효력을 잃어버릴, 유통기한이 짧기에 신속한 것.

소식이 시작된 곳은 경남 진해였다. 하필 벚꽃의 발원지와도 같은 곳. 어느 오후의 거대한 쓰나미 아래서, 그곳의 모든 생활들이 갑자기 점. 점. 점. 으로 끊어졌다. 꽃 마중을 갔던

사람도, 걷던 사람도, 일광욕을 하던 건물도, 해변의 가로등
노, 노투 찜. 찜. 찜. 닌파딩 했다.

요나는 금요일 오후 진해로 내려갔다. 요나가 여행 프로그
래머로 일하는 정글은 진해와 연관된 상품을 갖고 있지 않았
지만, 곧 갖게 될 터였다. 이 순간 가장 먼저 할 일은 진해시
에 위로금과 봉사 인력을 파견하는 거였다. 1000명 가까운 정
글의 직원들이 1만 원씩을 걷어 모은 조의금을 전달하고, 진
해시에 심심한 위로를 전하고 사태를 파악하느라 요나는 그
곳에서 주말을 보냈다. 화산, 지진, 전쟁, 가뭄, 태풍, 쓰나미
등 재난의 종류는 정글의 분류 법칙에 의하면 크게 서른세
가지로 나뉘었고, 거기서 또 152개의 여행 상품이 생겨났다.
요나는 진해의 쓰나미와 봉사 활동을 결합한 상품을 만들 계
획이었다.

서울에서 진해로 내려가는 데 걸린 시간보다 다시 서울로
돌아오는 데 걸린 시간이 더 길었다. 요나보다 조금 더 빠른
속도로 꽃 무리가 북상하고 있었다. 남해안 쓰나미 이후, 뉴
스에서는 일기예보와 벚꽃의 개화 소식을 알려 준 다음, 무너
진 동네가 어디로 이동하고 있는지에 대해서도 중계했다. 그
러니까 해양 쓰레기의 예상 경로를 말이다. 거기엔 버려진 생
활들이 있었다. 특히 플라스틱들, 썩지 않는 것들, 그러나 잊
히기 쉬운 것들. 수명이 길지만 기억 속에서는 짧은 것들. 며

칠 사이에 쓰레기들은 조금 더 남하했다. 여전히 바다 위에 있었지만, 어제의 그 물 위는 아니었다.

쓰레기의 예상 경로에 대해서는 의견이 분분했다. 태평양 어딘가에 있다는, 한반도 일곱 배 크기의 쓰레기 섬으로 흘러들 거라고도 했고, 2년 후에는 칠레 앞바다를 지날 거라고도 했다. 10년 후의 경로를 이미 예상해 놓은 사람들도 있었다. 사람들은 대부분 쓰레기의 경로가 자신들의 동선과 겹치지 않기를 빌었다. 일상에서 위험 요소를 배제하듯, 감자의 싹을 도려내듯, 살 속의 탄환을 빼내듯, 사람들은 재난을 덜어 내고 멀리하고 싶어 했다. 그렇지만 그렇게 배제된 위험 요소를 굳이 찾아 나서는 사람들도 있었다. 그들은 생존 키트나 자가 발전기, 비상 천막 같은 것을 챙기면서, 재난이라고 부를 만한 것을 찾아다닌다. 그러니까 망망대해로 흘러간 쓰레기 섬을 찾아 굳이 떠나려는 사람들도 있는 것이다. 정글은 그런 사람들을 위한 여행사였다.

한때는 요나도 그런 여행을 꿈꿨다. 요나의 첫 여행지는 나가사키였는데, 그녀를 그곳으로 유인한 것은 가이드북의 한 문장이었다. "이 도시에는 원폭으로 불에 타거나 폭풍으로 목이 날아간 천사상이 여러 개 있다." 가이드북에 나와 있는 것은 목 없는 천사상의 위치였지만, 요나가 정말 궁금했던 것은 날아간 목의 위치였다. 물론 대부분 요나가 궁금해하는 것은 항상 생략되어 있었다. 돌에서 떨어진 돌들, 손질한 생선에서 떨어져 나긴 비늘들, 도려낸 감기 싸이나 피 묻은 탄한, 그런 것들의 현재.

정글에서 요나는 10년 넘게 재난을 찾아다니고 그것을 상품화하는 일을 했지만, 그건 요나의 어릴 적 호기심과는 공통분모가 별로 없는 일이었다. 요나는 단지 모든 것을 수치화하는 것에 익숙했다. 재난의 빈도·강도, 인명·재산 피해가 색색의 그래프로 변해 요나의 책상 위에 붙어 있었다. 그 옆에는 세계지도와 한국 지도도 있었는데, 지명 위에 표시된 메모들은 대부분 재난을 읽는 데 필요한 말들이었다. 이제 요나에게 어떤 지명들은 재난과 동의어였다. 뉴올리언스에서는 허리케인의 흔적을 볼 수 있고, 뉴질랜드에서는 도시를 폭삭 무너뜨린 대지진을 훔쳐볼 수 있고, 체르노빌에서는 핵 누출로 생긴 유령 마을과 낙진으로 생긴 붉은 숲을, 브라질의 빈민가에서는 경제 재앙의 현실을, 스리랑카나 일본, 푸껫에서는 쓰나미의 위력을, 파키스탄에서는 대홍수를 경험할 수 있었다. 따지고 보면 재난이 없는 도시는 없었다. 재난은 우울증 같은 거라 어디에든 잠재했다. 자극이 임계점을 넘으면 그 우울증이 곪아 터지기도 하지만, 용케 숨어 한평생을 마무리하는 경우도 있다.

전 세계적으로 진도 5.0 이상의 지진이 매년 900건가량 일어나고, 매년 300개가량의 크고 작은 화산이 터진다는 사실이 요나에겐 신호등이 녹색에서 붉은색으로, 혹은 그 반대로 바뀌는 것처럼 자연스러웠다. 지난해 전 세계에서 자연재해로 사망한 인구는 20만 명에 가까웠다. 근 10년간 연평균 사망자 수가 10만 명 정도였던 것을 보면, 재난의 빈도와 강도는 점점 또렷해지고 있는 게 분명했다. 기술이 정교해지면서 방지 가능한 재난의 종류도 늘어났지만, 동시에 새로운 재난들도 계속 생겨나고 있었다. 어쨌거나 그건 일이었다. 수많은 재난들이 요나에겐 업무였기 때문에, 때론 그보다 몹시 사소한 사건들도 요나의 머릿속에선 거대한 재난들과 동급으로 존재했다. 얼핏 보면 이상한 등가였지만, 실제로 그랬다.

"과장님, 고객만족센터에서 넘어온 거예요."

후배가 요나에게 전화를 넘겼다. 이제 몇 마디의 기계 같은 말을 할 차례였다. "고객님, 취소하시면 수수료가 발생합니다."나 "약관에 명시되어 있습니다."와 같은. 정확히 말하면 그건 요나의 업무가 아니었다. 그런데도 보이지 않게 책상이 옮겨지기라도 한 듯, 요나는 벌써 몇 번째 자신에게로 넘어온 고객의 전화를 응대하고 있었다.

"환불은 불가능합니다, 고객님."

이런 말을 들은 고객들의 반응은 뻔했다.

"아직 3개월이나 남았는데요, 위약금이 100퍼센트라니 말이 됩니까. 내가 아파서 그대요, 환불이 아니도 안 된다고요? 아니, 어떻게 취소가 안 되는 상품이 다 있죠?"

"취소는 가능하지만, 이미 완불하신 예약금은 환불이 안 됩니다."

"취소는 가능하지만, 환불이 안 된다고요? 뭐, 이런 경우가 다 있습니까. 그렇게 따지면 예약금을 애초에 조금만 내는 게 더 나았겠네요! 이렇게 되면 저도 소비자보호원에 신고하는 수밖에 없습니다."

"소비자보호원으로 전화를 돌려 드릴까요? 그렇지만, 소용은 없을 거예요. 이 상품은 취소 시점과 관계없이 100퍼센트 환불 불가하다는 것을 처음부터 약관에 밝혔고, 고객님도 그 조건으로 계약을 하신 겁니다. 이미 서명도 하셨고요. 예약금을 완불하신 대신 전체 금액을 많이 할인받으셨으니까, 그리 나쁜 선택은 아니었다고 보는데요. 여행을 가신다면 최고의 타이밍에 최고의 가격으로 예약하신 셈이에요. 같은 상품을 지금 예약하시는 분들은 완불했을 경우에도 35퍼센트나 더 비싸게 주고 가세요."

"이봐요."

고객의 목소리가 드디어 차분해졌다.

"애가 아프다고요. 병원에 입원했어요. 이렇게 되면 인지상

정으로라도 취소해 줘야 하는 거 아닙니까?"

"원하시면 취소는 가능해요."

"환불은 안 되고, 그렇죠?"

"잘 알고 계시네요."

"당신 이름이 뭐야?"

"고객님."

"이름이 뭐냐고? 당신 말하는 싹퉁머리가 기분 나빠서 못 참겠어. 이름 말해."

"고요나입니다."

전화는 그렇게 끊겼다. 그는 화가 난 게 분명했지만, 요나 역시 화가 났다. 고객들은 통화 상대의 직급이 높을수록 관대해지는 경향이 있었고, 그래서 고객만족센터의 전화가 프로그래머들에게 넘어오는 경우가 종종 있었다. 화가 나는 건, 요나가 한참 잘나갈 때는 이런 전화에 시달릴 시간조차 없었고, 회사 측에서도 허락하지 않았다는 점이다. 요나는 여행사의 브레인이지 입이 아니었다.

업무 영역이 조금씩 바뀌는 것도 옐로카드의 한 형태일지 몰랐다. 옐로카드의 존재에 대해서는 입사 초기부터 알고 있었다. 옐로카드는 경고의 의미라기보다는, 균열의 시작을 알리는 신호 음에 가까웠다. 한번 옐로카드를 받으면, 천지가 개벽할 정도의 큰 사건이 생기지 않는 한 그때부터 시작된 추락은 막을 수 없었다. 요나는 진짜 노란색 카드가 우편이나 메일로, 혹은 인편으로 날아오는 게 아닐까 생각했지만 옐로카드는 그런 식으로 나타나는 게 아니었다. 아주 미세하고 교묘하게, 그러나 분명 당사자로서는 회사 생활에 위기를 느낄 만한 방식으로 등장하는 거였다.

옐로카드를 받은 사람 앞에는 이렇게 바뀐 업무 환경에서 열심히 일하느냐, 아니면 반감을 온몸으로 표현하느냐의 두 갈래 길이 있었다. 갑자기 추락한 위치에서 5년을 꿋꿋이 버틴 뒤, 다시 원래 위치로 복귀한 사람도 있었다. 그 사람 밑에 있던 부하 직원이 이제 그의 상사가 되어 있었다. 원래 자리로 복귀했지만, 그는 오래 출근하지는 못했다. 몸이 좋지 않았던 것이다. 옐로카드의 충격과 파란만장한 5년간의 동선이 그의 뇌 속에 종양을 만들어 낸 건지도 몰랐다. 그 사람이 누구인지 요나는 몰랐다. '옆 팀 부장 이야기'라면서 떠도는 얘기였다.

요즘 들어 요나는 출근할 때마다 민들레 홀씨처럼 우연히 회사 안으로 들어온 듯한 느낌이 들었다. 분명히 내 자리인데 어쩌다 오늘 하루만 그 자리에 앉아 있는 것처럼 어색했다. 신입 사원들이 걸인처럼 여기저기 복도를 떠도는 걸 볼 때마다 불안했다. 요나가 그런 말을 했던 건 휴게실에서 친한 동료 몇몇이 불만을 늘어놓던 분위기에서였기 때문이다. 가볍게 토로하던 말들이 요나의 그 말에 이르자 갑자기 진지해졌다. 휴지통에 휴지를 버리듯 가볍게 말을 던지고 듣던 사람들이 요나에게 정색을 하고 물었다.

"뭐 불편한 일 있어? 그런 거 아니야?"

자기만 심각한 상황에 몰리는 듯해서, 요나는 급히 발을 뺐다. 그러나 사실 며칠 전, 불편한 일이 있긴 했다. 회의 시간에 맞춰 갔지만, 그곳에는 아무도 없었던 것이다. 저만치서 후배가 눈을 동그랗게 뜨고 요나에게 다가왔다.

"회의 아니었어?"

빈 회의실을 나서며 요나가 묻자, 후배는 눈을 찡긋하면서 "오늘 파울이잖아요."라고 말했다. "파울?"이라고 되묻자, 후배는 "그러게 말이에요."라고 대꾸했다. '파울'이라니, 이건 또 무슨 뜻의 신조어인가? 줄임말인가, 은어인가? 생각해 보니 전날 옆 부서에 갔을 때도 "파울 때문에 그래요."라는 말을 들은 기억이 났다. 얼떨결에 "예." 하고 지나느라 "근데 그게 뭐죠?"라고 물을 타이밍을 놓치고 말았다. 그 단어의 뜻보다는 그게 어떤 상황에서 자꾸 반복되는지를 찾아내면 된다고 생각했는데, 도저히 감이 안 잡혔다. 물론 누구에게든 물어보면 되는 거였지만, 모르는 티를 내기도 불안했다. 황당한 건 다른 사람들은 뜻을 아는지 자주 사용한다는 점이었다.

후배는 총총 멀어져 갔고, 요나는 다시 빈 회의실을 멍하니 바라보다 엘리베이터를 잡아탔다. 회의가 끝나면 사람들은 모두 화상실이나 흡연실로 가서 침있던 욕구들을 배출하곤 했는데, 그날 요나는 회의 없이도 지쳐 있었다. 그때 김이 엘리베이터에 함께 올라탔다. 그리고 문이 닫히자마자 요나에게 말했다.

"존슨이 자네에게 안부를 전해 달라는군."

"누구요?"

"존슨 말일세, 내 존슨."

김의 손가락이 가리킨 건 자신의 사타구니였다. 그곳은 21층에서 3층을 향해 내려가는 엘리베이터 안이었고, 김과 요나 두 사람만 있었다. 김의 손은 요나가 놀랄 틈도 주지 않고 엉덩이를 움켜쥐었다. 요나의 엉덩이였다. 실수가 아니라 고의였고, 고의인 것을 들켜도 상관없다는 투의 몸짓이었다.

"자네 아직 젊지 않나? 근데 왜 이렇게 말을 못 알아들어?"

요나는 최대한 자연스럽게 몸을 돌려 김의 손길을 피했다. 이번에는 김이 요나의 블라우스 안으로 손을 집어넣었다. 요나의 가슴이 덜컹 내려앉았다. 김의 다른 모습을 봐서가 아니었다. 상사에게 성추행을 당해서가 아니었다. 요나가 아는 바에 의하면, 김은 늘 퇴물들만 성추행 대상으로 삼았다. 옐로 카드를 받았거나, 곧 받을 예정인 사람들. 어쩌면 김의 성추행

자체가 옐로카드인지도 몰랐다.

요나는 완강하게 몸을 빼려고 했지만, 등 뒤에 달린 CC카메라가 두려웠다. 뒷모습이라도 아무 일 없는 것처럼 서 있고 싶었다. 들키고 싶지 않았다. CCTV는 24시간 잠드는 법이 없었고, 엘리베이터는 언제 문을 열고 내부를 공개할지 몰랐다. 그런데도 김이 이렇게 뻔뻔하게 구는 건, 걸려도 상관없다는 뜻이었다. 동시에 요나를 철저하게 무시하는 짓이기도 했다. 그때 엘리베이터가 갑자기 열리고 사람들이 두어 명 들어왔다. 이미 김의 손은 요나의 가슴이 아니라 자신의 주머니 속으로 들어간 뒤였다. 김은 다만, 사람들에게 들릴 듯 말 듯 한 작은 소리로 이렇게 말했다.

"그러니까 자네도 언어를 좀 신경 쓰게. 현 시대에 통용되는 말을 모른다는 건, '난 뒤처져도 좋아요!'라고 써 붙이고 다니는 거거든."

김이 내린 후 엘리베이터의 다른 사람들이 요나를 흘낏 쳐다봤다. 김은 그 후로도 두 번 더 요나의 치마 속으로 차가운 손을 집어넣었다. 중요한 건 손의 온도가 아니라 손 자체였지만, 그 차가움도 소름 끼치도록 싫었다. 인사이동 때마다 요나를 챙겨서 10년간 직속상관으로 있던 김이었다. 그는 유능한 상사였다. 정확히 말하면 유능한 상사가 아니라 유능한 부하였고, 덕분에 유능한 상사 역할도 유지할 수 있었다. 김은 인사고과의 50퍼센트를 쥐고 있었고, 호불호가 분명했다. 그는 마음에 들지 않는 사람은 관계 짐 비잉으로 흔들어 댔다. 그대로 두면 김은 더 과감해질지도 몰랐다. 요나가 김의 새로운 타깃이 되었다는 사실을 다른 사람들이 알게 되는 게 가장 두려웠다. 차라리 김이 은밀히 성추행을 한다면, 그리고 비밀이 보장된다면, 참을 의향도 있었다. 이렇게 생각했다가 요나는 다시 고개를 저었다. 지금 가장 찜찜한 것은 자신이 세 번이나 그의 행동을 참고 넘어갔다는 거였다. 어딘가 공조하는 느낌이 들었다. 그러나 당해 본 사람이면 그 망설임을 이해할 수 있을 거라고 생각했다.

봄은 더웠다. 그 봄을 떠올릴 때 가장 먼저 떠오르는 것은 꽃도 잎도 아닌 땀이었다. 요나는 쓰나미가 찾아온 그 봄에 땀이 나도록 뛰어다녔다. 그러나 추수의 순간이 되자, 김이 요나를 불러서 말했다.

"그건 파울이잖아. 자네는 이번 기획에서 빠지고, 기존 상품들 보강하고 점검하는 쪽이나 신경 쓰지."

그날 오후에 요나가 한 업무는 신입들이나 할 법한 종류였다.

"내일 회식이나 할까. 다들 바쁘지만 이럴 때일수록 여유가 필요한 법이지. 이번엔 삼겹살 말고 좀 특별한 걸로 해 보자고. 팀원들이 뭘 먹고 싶어 하는지, 고 과장이 한번 의견 모아 봐."

서류를 좋아하는 김 때문에 요나의 팀에서는 유독 A4 용지가 다른 팀에 비해 쉽게 동나곤 했는데, 나중에는 아예 이면지로 서류를 만들어야 할 정도였다. 요나는 회식 메뉴를 정하기 위해 사람들의 의견을 물었고, 그것을 문서화해서 김에게 가져갔다. 그러나 그 서류와 거기에 적힌 결과는 결국 당일 아침 "삼겹살이나 먹지, 뭐."라는 김의 말 앞에서 무산되었다. 며칠을 그렇게 보냈다. 복사기 아니면 전화기였다. 그러다 '내가 죽을 날짜를 알려 주는 사이트' 같은 곳에 접속하기도 했다. 신상 명세를 입력하고 죽음 계산기의 버튼을 클릭하는 순간, 요나가 받은 충격은 "아, 여기 전에도 들어왔던 데구나." 하는 것뿐이었다.

빠르게 줄어드는 숫자 화면은 익숙했다. 아마 몇 년 전 어느 날에도 지금과 같이 신상 명세를 적어 넣었고, 그때도 지금처럼 모니터의 전자시계는 쉴 새 없이 시간을 셌을 것이다. 1초, 아니 그보다 더 작은 단위로 분할되어 조금씩 소진되는 삶이 적나라하게 중계되고 있었다. 그녀가 이 사이트와 초면이 아니라는 사실을 망각하고 지냈던 그 몇 년, 망각의 시간에도 삶의 시계는 한 번도 멈추지 않았다. 요나가 언젠가 가졌을 호기심을 다시 반복하고, 또 한 번 숫자의 추락에 놀라는 동안에도 시간은 단축되고 있었다.

요나는 금방 동나 버릴 것 같은 화면 앞에 앉아 곰곰 생각했다. 운명을 좌우하는 건 결국 한순간이다. 송년 파티에서 화재가 나면 시제가 가장 많이 발견되는 장소가 보통 외투 보관소라고들 하지 않는가. 단순히 습관 때문인지 몰라도, 많은 사람들은 생사의 기로에서 외투 보관소로 몰려들었고, 결국 그들 대부분은 압사했다. 불이 나면, 땅이 흔들리면, 경보음이 울리면, 하던 일을 모두 멈추고 그대로 튀어 나가야 한다. 외투를 찾아 든다거나, 가방을 챙긴다거나, 노트북의 데이터를 저장한다거나, 휴대폰을 누른다거나 하는 사소한 행동들이 결국 생사를 가른다.

요나가 지금 겪고 있는 게 재난이라면, 어떤 행동이 요나를 이 상황에 몰아넣은 것인지 돌아볼 필요가 있었다. 사소하지만 간과할 수 없는 일들로 인해 지금 요나는 옐로카드의 대상이 된 건지도 몰랐다. 김에게 성추행을 당하기 전의 상황은 잘 떠오르지 않았다. 어쨌든 지금 느끼는 이 불편함의 기원은 분명 김에게서 온 것이었다. 요나는 퇴근 후 고충 처리반에 메일을 보냈다. 회신이 금방 왔다. 고충 처리반의 최가 요나에게 저녁을 사겠다고 했다.

최는 정글에서 보기 드물게 나이 든 여자였다. 그래서 회사 사람이라는 생각이 들지 않았고, 편안하게 느껴지기도 했다. 최가 요나에게 뭘 좋아하느냐고 물었을 때는 정말 단순하게 메뉴를 고르는 데만 집중할 수 있을 만큼, 최는 편안했다.

고른 메뉴는 평양식 냉면과 수육이었다. 최는 요나의 동의를 구한 후 소주도 한 병 시켰다. 요나는 무겁게 입을 뗐다.

"메일 드렸듯이, 프로그램 3팀의 김조광 팀장인데요."

"어우, 김좆광!"

최의 반응에 요나는 놀랐지만, 그 덕분에 이야기는 쉽게 진행되었다. 최는 요나의 기분을 잘 안다며 이렇게 말했다.

"김 팀장 때문에 생기는 문제가 한둘이 아니니까요. 저도 쌓인 게 많아요."

"적이 많겠네요, 김 팀장한테."

"적이야 많지만, 적이라고 부르기 민망할 정도로 싸움이 안 되니까. 코끼리와 개미의 싸움이라고나 할까요."

"그 얘긴 들으셨어요? 김 팀장이 건드리는 사람은 이미 퇴물들이다, 그런 이야기요."

요나가 진짜 궁금한 건 그거였다.

"글쎄요. 제가 아는 건 상담을 신청한 사람들의 경우뿐인데, 그렇다면 결과 때문에 생겨난 루머 아니겠어요? 김 팀장과 싸워서 회사에 남을 수 있는 사람이 몇이나 되겠어요."

두 시간 후 소주 두어 병이 더 비었고, 최가 요나에게 말했다.

"요나 씨, 진짜 막내 동생 같아서 하는 말인데…… 그냥 털어 버려요."

요나는 술을 목구멍으로 털어 넣었다. 술을 말한 게 아니라는 건 요나도 알았다. 최는 다시 한 번 말했다.

"이런 일 아주 비밀비재해요. 고발하고 문제를 만들 수는 있는데, 장기적으로 보자면 결국 요나 씨가 힘들어져요. 게다가 상대가 워낙 능구렁이라, 항상 본인은 빠져나간다니까요. 절이 싫으면 중이 떠나라는 말이 딱 들어맞을 정도예요."

요나는 상대방의 말을 들을 때 고개를 끄덕이는 버릇이 있었고, 그건 꽤 좋은 태도로 평가받아 왔다. 지금도 그랬다. 최는 요나의 반응을 수긍의 뜻으로 받아들이고는 잘 결정한 거라며 요나를 토닥였다. 소주 한 병을 더 비운 후에, 정말 그렇게 되었다.

고충 상담에 대한 비밀은 보장된다고 했지만, 그것도 같은 피해자들 사이에서는 예외인 모양이었다. 며칠 후 요나의 메신저로 연락을 해 온 사람들은 그들 말에 의하면 "연대해야 하는" 사이였다. 네 명의 사람들이 회사 밖에서 요나를 기다리고 있었다. 요나는 회사에서 꽤 멀리 떨어진 음식점에서 그들을 만났다. 그들이 왜 자신을 찾는지 대충은 짐작하고 있었다.

"이번 기회에 김 팀장을 몰아내야 합니다. 2년 전에도 이런 시도가 있었지만, 준비를 많이 하지 못한 채로 일을 벌여서 결국 피해자들만 깨졌습니다. 그래서 저희는 철저히 준비했습니다. 고 과장님도 저희와 같은 고민을 하셨다는 얘기를 듣고 마음이 착잡했지만, 한편으론 든든하기도 했습니다."

한마디로 김을 고발하자는 거였는데, 모인 사람들이 죄다 추레해 보였다. 그들의 이야기를 듣는 동안 요나는 어쩌면 김의 성추행 대상과 관련된 루머가 그냥 헛소리는 아닌 것 같다는 생각을 했다. 요나는 그들 중 가장 직급이 높았다. 하필이면 그랬다. 사람들은 요나가 수석 프로그래머라는 사실에 많은 위안을 얻는 듯했지만, 요나에게 이 무리는 김 못지않게 부담스러운 존재였다. 이 사람들을 만나고 나니, 자신은 '겨우' 세 번밖에 당하지 않았다는 생각마저 들었다. 그중에는 더 노골적인 추행과 심각한 폭행을 당한 사람들도 있었다. 그들과 섞이기엔, 요나는 아직 '멀쩡'했다. 상황으로 보아 가장 절실해 보이는 남자가 요나에게 말했다.

"다음 주 월요일에, 회사 로비에서 시위를 할 예정입니다. 피해자들은 죄가 없으니까 우리는 떳떳할 수 있잖아요. 부끄러워할 사람은 김조광 그 새끼 아닙니까. 동참해 주십시오, 과장님."

"잘못 아셨어요. 불미스러운 일이 있긴 했는데, 성추행이라고 할 만한 건 아니었어요. 제가 오해한 부분도 있었고."

요나의 말에 모두가 조금 당황한 듯했다. 절실한 남자가 말했다.

"과장님, 저희는 다 봤어요."

이번에는 요나가 냉황했다.

"CCTV가 회사에 몇 대인데요. 과장님만 모르고, 다른 사람들은 다 알 수도 있어요. 불편하신 건 알지만 숨기면 더 곤란해져요, 우리 상황은."

요나는 그 '우리'라는 말이 더 불편했다. 요나는 약속을 핑계로 그 자리를 빠져나오려 했다.

"당황스러우신 거 알아요. 그런데 이럴수록 힘을 모아야 합니다. 저희가 다시 연락드리겠습니다. 생각할 시간이 필요하실 테니까요."

요나는 그러겠노라고 서둘러 대답한 후 자리에서 일어섰다. 미닫이문을 열고 밖으로 나왔으나, 신발이 보이지 않았다. 요나의 신발 때문에 한바탕 소동이 벌어졌다. 복도식으로 방이 늘어선 구조의 식당이었는데, 다른 방 손님인지 누군지가 요나의 신발을 신고 가 버린 것 같았다.

"신발을 그러니까 신발장 안에 넣으셔야 한다니까요. 요즘 이런 일 너무 자주 있어서 큰일 났네, 정말. 아휴, 신발 없어서 어떡해."

주인은 필요 이상으로 호들갑을 떨었고, 그 바람에 닫혔던 방문이 다시 열렸다. 그 안에서 패배자들 중 하나가 요나에게 약속이 있으시면 근처에서 빨리 신발을 하나 사 오겠다고 말했다. 요나는 극구 사양하고, 일단 식당에서 투박한 슬리퍼를 빌려 신고 그 자리를 벗어났다.

잃어버린 신발은 1.5켤레짜리였다. 그러니까 한 켤레를 사면 오른쪽을 하나 더 주는 신발이었다. 그 자리에서 신발을 도둑맞지만 않았다면 오른쪽 하나만 집에 덩그러니 남을 일도 없었을 것이다. 남겨진 한 짝은 그 무리를 떠올리게 하고, 김을 떠올리게 해서 불편했다.

메일과 전화가 몇 차례 더 요나를 찾았지만, 요나는 침묵했다. 자신이 성추행당한 사실을 기정사실화 하고 싶지 않았다. 떳떳한 피해자가 되어 로비에 서서 김을 공격하고 싶지도 않았다. 더 정확히 말하면 성추행당한 무리, 즉 퇴물이나 패배자, 떨거지들로 규정되고 싶지 않았다. 요나가 함께할 움직임을 보이지 않자, 사람들은 알겠다며 돌아갔다. 얼마 후 요나는 출근길 로비에서 현수막을 들고 서 있는 사람들과 마주쳤다. 그들은 얼굴을 가리고 있지 않았지만, 요나는 자신도 모르게 얼굴을 가렸다. 며칠 뒤 시위하던 사람들이 모두 징계를 받았다. 그날 요나는 한 짝 남은 신발을 마저 버렸다.

"제발이래요."

후배가 고객만족센터에서 넘어온 전화를 돌려 주며 말했다. 전화기 속 남자는 "제발 어떻게 좀 안 될까요?"라는 말을 자주 했다. 제발 취소 좀 안 될까요, 하는 말이었다. 제발 좀 따나 주시면 안 될까요, 라고 애기하고 싶었던 요나는 그다음 남자의 말을 듣고 대꾸할 말을 잃었다. 동행인으로 함께 신청한 사람이 죽었다는 거였다.

"직계가족이신가요? 동행인과의 관계가."

"그건 아닙니다."

"저희가 확인해 보고 다시 연락드리겠습니다."

요나는 괜히 남자의 전화번호를 다시 한 번 되묻고 전화를 끊었다. 그러나 어디서 확인한단 말인가. 이 여행 건의 취소 여부는 전적으로 요나에게 달려 있었다. 마음만 먹으면 요나는 이 여행을 수수료 없이 취소할 수 있었지만, 물론 회사 측에서 수긍할 만한 사유는 아니었다. 그러나 사람이 죽었다는데 어떻게 여행을 간단 말인가. 요나는 남자의 여행을 취소해 주어야겠다고 생각했다. 그러나 그날 오후에 진해 여행 상품 브로슈어가 옆 팀 동료의 이름을 달고 요나의 책상 위로 날아왔고, 요나는 머리로 열이 몰려 도저히 회사에 앉아 있을 수가 없었다. 조금 이른 퇴근을 했다.

평소에 요나는 세 가지 노선의 지하철을 이용해서 퇴근했다. 두 가지 노선만 이용할 수도 있었다. 집으로 가는 방법은 몇 년 사이에 다양하게 불어났다. 지하철역 사이가 갈수록 촘촘해지고, 새로운 노선이 생기고, 기존 노선은 이웃한 도시들을 향해 확장되었기 때문이다. 어떤 노선을 이용하느냐에 따라 조금씩 달랐지만, 요나가 회사에서 집으로 가는 데 걸리는 시간은 점점 단축되고 있었다. 역 사이가 촘촘해졌는데도 그럴 수 있다는 게 놀라웠다. 그러나 요나의 기분에는 어쩐지 귀가 노선이 더 길고 지루해진 것 같았다. 지하철이 저렇게 많이 생겨나는데 퇴근길은 늘 사람들로 만원이라는 사실도 피곤했다. 도시가 몸을 불리는 만큼 더 많은 사람들이 이 도시의 품 안으로 꾸역꾸역 파고들었다. 그때 전화가 걸려 왔다. 오전에 전화를 걸어 왔던 그 남자였다. 함께 떠나기로 했던 사람이 죽었다고 했던가. 도저히 여행을 떠날 수 없으니 취소해 달라던 남자. 요나는 퇴근길까지 휴대폰으로 따라붙은 이 남자에게도 화가 났지만, 그보다, 퇴근한 사람의 휴대폰 번호까지 알려 준 정글이 더 원망스러웠다. 요나는 자신의 처분을 기다리고 있는 남자에게 이런 판결을 내렸다.

"환불은 본인 사망 시에만 가능합니다."

요나는 거대한 인파에 휩쓸리면서 그렇게 말했다. 그래서 동행인은 환불 처리와 함께 여행을 취소할 수 있지만, 고객님은 여행을 떠나시거나 아니면 환불을 받지 못하고 취소하셔야 한다고. 남자는 전화를 끊었다. 요나는 지하철 노선도를 쳐다보았다. 곧 개통될 노선들이 점. 점. 점. 숨을 옥죄어 왔다. 이미 달리고 있는 노선들은 점점 더 길어졌다. 요나는 지하철 끝을 불로 지지고 싶었다. 헝겊의 끝을 불로 지지듯이, 더 이상 올이 풀리지 않게.

여름이 시작되고 있었다. 꽃은 진 지 오래고, 그 자리에서 검은 버찌 열매들이 바닥으로 떨어졌다. 검은 버찌들의 투신으로 보도블록은 피멍이 들었다. 요나는 결국 사표를 냈다.

"솔직히 말해 보지. 휴식이 필요한 거야, 아니면 다른 일을 찾아보고 싶은 거야?"

김이 커피를 뽑아 주며 말했다. 김의 질문은 능숙했다.

"조금 쉬고 싶어요. 몸도 안 좋고요."

김은 고개를 끄덕였다. 어쩌면 요나의 대답도 여러 번 반복된 흔한 대사였을지 모른다.

"그래도 내가 자넬 그냥 보낼 수가 있나."

요나는 가만히 땅만 봤다.

"이렇게 하지, 한 달 휴가를 줄 테니 일단 몇 주 푹 쉬면서 여행을 다녀와. 회사 식구가 아니라 소비자 입장에서 여행을 다녀오라고. 마침 계속 진행할지 접을지 검토 중인 상품들이 몇 개 있으니까, 그중에서 하나 고르면 경비는 모두 출장비로 처리하지. 자넨 여행을 다녀와서 보고서나 한 장 쓰면 돼. 10년을 달렸으니 지칠 만도 하지."

"한 달 동안 제 자리가 비어 있어도 되나요?"

"자네 입장에선 휴가지만, 회사 입장에선 출장으로 처리될 테니 염려 말고. 자네가 상품의 존폐를 결정하는 거야. 자네의 의견을 참조해서 살리든 죽이든 할 테니까."

"제가 기획한 것들도 그 대상인가요?"

"흠, 아니야."

"그럼 담당자가 따로 있을 텐데, 제가 그래도 되는 건지……."

"담당자가 객관적으로 판단할 수 있겠나. 이런 경우가 종종 있었네. 이번 건은 내가 주관하는 데다, 자넨 내가 신뢰하는 수석 프로그래머 아닌가. 이건 출장치고는 아주 땡 보직이야, 알지?"

요나가 뜻밖이라는 표정을 짓자, 김은 가볍게 말했다.

"내가 입사 10년 차쯤 됐을 때, 내 사수도 이런 방식으로 해 줬지. 그땐 당연하게 받아들였는데, 일하다 보니 여긴 무척 냉혹한 회사더라고. 다행히 이번엔 타이밍이 잘 맞았으니, 회사에서 주는 장기근속 선물이라 생각하고, 그렇게 하지."

어차피 정말 관둘 각오로 사표를 던지려던 것은 아니었다. 그렇게라도 하지 않으면 김이 자신을 더 얕볼 것 같아 신호를 보낸 것뿐이었다. 이곳에서의 휴식은 쉼표가 아니라 마침표처럼 통했다. 자신이 고갈되었다고 생각하면, 그때 사람들은 우회적인 방법으로 휴직계를 던졌고, 영영 돌아오지 않는 경우가 많았다. 그런가 하면 반대로 마침표가 쉼표처럼 통하는 경우도 있었다. 적어도 회사에서 잡고 싶은 사람이라면, 필요한 사람이라면, 사표를 던지도록 내버려 두지는 않았다. 요나에게는 여러모로 확인이 필요했다. 이 정도에서 암묵적 합의가 된 거라고 요나는 생각했다. 김이 자신에게 한 못된 짓과 땡보직 출장을 적당히 맞교환하는 셈이었다. 김이 그 순간 요나의 허리를 가볍게 두어 번 두드리지만 않았다면, 요나는 존슨 발언도 잊을 뻔했다.

요나는 정글에서 판매 중인 여행 상품의 목록을 훑어보았다. 화산의 검붉은 에너지, 대지의 요동, 물의 심판 노아의 방주, 대참사 공포의 쓰나미…… 상위 열 개의 인기 상품 중에서 요나가 기획한 것은 없었다. 씨 뿌리고 거름 주고 갖은 고생을 다한 다음 단지 추수만 못 한 상품은 있었다. 그 상품은 다른 담당자에게로 넘어갔는데, 진해니 벚꽃이니 하는 단어가 들어간 제목만 봐도 요나는 열불이 났다. 그 상품은 지금 판매 7위를 기록하고 있었다. 손 안 대고 코 푼 거나 다름없는 그 담당자는 지금쯤 룰루랄라 하고 있겠지. 또 열불이 났다.

요나가 고를 수 있는 상품은 다섯 가지였다. 그 다섯 개의 퇴출 후보 중에도 요나가 기획한 것은 없었다. 요나의 능력은 가장 인기 있는 상품들과 가장 인기 없는 상품들 사이 어딘가에 끼어 있었다. 요나는 고객만족센터의 상담원과 통화하면서 여행 상품에 대한 정보를 얻어 보기로 했다. 요나가 다섯 개의 상품을 이야기하고 고민 중이라고 하자, 상담원은 예상대로 가장 비싼 상품을 권했다.

"'사막의 싱크홀'을 추천해 드리고 싶은데요. 다른 상품에 비해 가격대가 높은 건 숙소 때문이에요. 새로 지어진 리조트라 깨끗하고요. 휴양을 겸한 상품이에요. 화산하고 사막, 온천까지 세 가지 테마를 한 번에 보실 수 있는 기회는 흔치 않죠. 20퍼센트 비싼 만큼 더 만족하실 거예요."

지금 자신이 홍보하는 상품의 가치가 20퍼센트 이상 하락해서 존폐의 기로에 놓여 있다는 사실을 모르는 목소리였다. 어쨌거나 출장비로 처리되는 부분인 만큼, 요나의 입장에서는 가장 비싼 상품을 선택하는 것이 마땅했다.

사막의 싱크홀은 5박 6일짜리 상품이었다. '무이'라는 곳이 목적지였는데, 그곳이 어디인지는 인터넷으로 조금 찾아봐야 했다. 무이는 크기가 제주도만 한 섬나라였다. 무이로 가려면 베트남 남부를 거쳐야 했다. 비행기를 타고 호찌민 공항으로, 버스를 타고 다시 해안 도시인 판티엣으로, 그리고 판티엣에서 배를 타고 30분 정도 달려야 다다를 수 있었다. 왜 이 상품이 인기가 없는지 알 것도 같았다. 가는 데 하루, 오는 데 하루를 들여서 볼 수 있는 풍경은 다른 재난 여행 상품들보다 미약해 보였다. 상품 이름처럼 사막에 싱크홀이 생긴 것은 사실이고, 홍보물에 쓰인 설명처럼 그것은 꽤 '두렵고 슬픈'

풍경일 수도 있지만, 문제는 그게 지금은 호수로 변해서 딱히 무서워 보이거나 독특해 보이지 않는다는 섬이었다. 사람들은 이제 '싱크홀'이라고 하면 적어도 2010년 과테말라 시티에 생겨난 깊이 500미터의, 도심 한복판을 강타한 괴 구멍의 이미지를 떠올린다. 과연 이 지역이 그런 기대감을 충족할 수 있을지, 벌써부터 의심이 가기 시작했다. 내친김에 요나는 자신이 타게 될 비행 편까지 모두 검색해 보았다. 그건 그저, 버릇이었다.

욕심도 관심과 비례해서, 어떤 지명을 가만히 들여다보고 그 지도를 눈으로 훑기 전에는 콩알만 하던 욕심도, 일단 관심을 갖고 알아 가기 시작하면 그만큼 커지는 법이다. 요나는 오랜만에, 자신이 여행을 좋아했기 때문에 여행사에 취직했다는 사실을 기억해 냈다. 몇 차례 해외 출장을 간 적은 있지만 요나는 주로 국내에서 일했다. 개인적으로라도 여행을 떠날 수는 있었지만, 막상 휴일이 되면 떠나게 되지 않았다. 출장이든 여행이든 타국으로 떠난다는 생각을 하자, 오랫동안 닫혀 있던 머리 위의 창문이 조금 열리는 것 같았다. 그 사이로 적당히 차갑고 낯선 공기가 드나들었다.

요나는 오랜만에 여권을 꺼내 보았다. 서랍 속에는 지금 유효한 것부터 이미 유효기간이 만료된 것들까지 모두 네 개의 여권이 있었다. 첫 여권 속 요나의 사진은 파울 클레의 자화

상처럼 귀가 없었다. 사진 규정은 점점 귀와 눈썹이 보이는 형태로 진화되었다. 글쎄, 진화인지 퇴화인지는 알 수 없지만, 어쨌거나 좀 더 많은 부분을 드러내는 쪽으로 변하고 있었다. 아직 여행 일정이 잡힌 것도 아니지만 요나는 29인치 가방을 꺼내 그 안에 일단 여권과 카메라를 넣어 두었다.

재난이 한 세계를 뚝 끊어서 단층처럼 만든다면, 카메라는 그런 단층을 실감하도록 돕는 도구였다. 카메라가 찰칵, 하는 순간 그 앞에 찍힌 것은 이미 인물이나 풍경이 아니다. 시간의 공백이다. 때로는 지금 살고 있는 시간보다 짧은 공백이 우리 삶에 더 큰 영향력을 행사할 수도 있었다. 요나는 생각했다. 어쩌면 모든 여행은 시작되기 전에 이미 출발선을 넘은 게 아닐까, 하고. 여행은 이미 시작된 행보를 확인하는 일일 뿐.

시간은 참을성 있게 흘러갔고, 요나는 휴가 전에 마무리해야 했던 업무들을 처리했다. 그중 하나는 두 번이나 통화했던 남자의 여행을 수수료 없이 취소한 것이었다. 그러기 위해서 다섯 장의 문서를 만들어 올려 보내야 했지만, 업무상으로는 구멍이었던 그 일이 한편으로는 요나의 숨구멍인 것도 같았다.

출발은 7월 초였다. 날짜가 일주일 넘게 남아 있음에도 불구하고 요나는 마치 급한 건데 깜박했다는 듯 가방 속에 물건을 하나씩 집어넣기 시작했다. 모기 퇴치 밴드나 비상약, 현지 아이들에게 줄 연필과 사탕도 챙겼다. 변비약과 설사약도 필요했다. 챙기면서도 뭐가 이렇게 많이 필요한가 싶었다. 겨우 가방을 봉해서 닫아 놓고도 하루에 한 번은 꼭 그 가방을 열 일이 생겼다. 더 집어넣을 것이 생기기도 했고, 빼서 당장 써야 할 것이 생기기도 했다. 그렇게 두 세계에 걸쳐진 채로 며칠을 보내다가 마침내 떠나는 날 아침에야 가방은 완전히 봉해졌다.

이제 요나는 그녀가 상상한 비행기 안에 있었다. 담요를 목까지 끌어 올리고 각진 모서리가 없는 창문을 바라보았다. 저 아래는 점. 점. 점. 박힌 불빛들로 모자이크 처리가 된 것 같았다. 위에서 보니, 도시는 이미 포화 상태였다. 고도비만인 도시를, 그 안에 있을 때는 당연하게만 여겼다. 이렇게 거리를 두고 내려다보니, 모든 게 다 별거 아닌 듯 보였다. 밤 비행기는 순항 중이었다.

2 사막의 싱크홀

여섯 명의 사람들은 세 시간째 베트남의 1번 국도 위를 흘러가고 있었다. 그들이 탄 버스는 거대한 오토바이의 물결에 휩쓸린 채 표류 아닌 표류를 하는 중이었다. 오토바이는 거의 모든 길에 서 있거나, 아니면 달리고 있었다. 태워야 할 누군가를 기다리거나, 누군가를 찾기 위해 두리번거렸다. 최대 네 명까지 태우고 달리는 오토바이, 같은 간격으로 심어진 국기, 빵과 국수를 한 바구니에 담아 놓은 노점들이 길가에 규칙적으로 등장하는 풍경이었다. 처마 밑과 대문을 유독 아름답게 장식한 이층집들, 두툼한 머리카락 같은 전깃줄들이 버스 차창 밖으로 함께 흘러갔다. 결혼식 피로연을 하는 흥겨운 마당을 차창 밖으로 훔쳐보기도 하고, 무리 지어 있는 무덤

들을 향해 셔터를 눌러 대기도 하면서 그들은 이곳의 현재를 읽었다.

그중에서도 특히 요나의 눈길을 사로잡은 것은 다양한 방식으로 도로 위를 달리는 한글이었다. '신속 배달'이 적힌 조끼나 '위험물 적재 차량'이 적힌 티셔츠가 지나가는가 하면, '자동문' 자리에 '자동곰'을 써 붙인 버스도 있었다.

"지금 베트남에는 서울의 버스 노선도를 그대로 붙인 차량도 많습니다. 한국에서 구형 차량을 이쪽으로 수출하는데, 한글이 몇 글자라도 붙어 있는 차가 더 비싸게 거래된답니다. 그래서 사람들이 한국어를 오려 붙이는 경우도 많아요. 잘 보시면, 의미는 달라도 분명 한글인 문자들이 곳곳에 보일 거예요. 전 얼마 전에 중앙시장을 지나 경복궁과 마포구청을 가는 버스를 탄 적도 있었어요. 물론 실제 노선은 그게 아니었지만요. 재미있죠?"

가이드는 긴 이동에 노련한 사람답게 활기찼다. 그녀의 이름은 '루'였고, 한국인이었지만 1년에 열 달 정도를 베트남이나 무이, 캄보디아 등지에서 보냈다. 그중에 루가 가장 좋아하는 곳이 무이라고 했다. 무이의 숙소가 특히 고급이었기 때문이다.

1번 국도가 처음 바다를 만나는 지점은 베트남의 해안 도시, 판티엣이었다. 무이로 가기 위해 거쳐야 할 관문이었다. 버스가 판티엣의 대형 마트 입구에서 멈춰 섰다. 가이드가 조수석에서 몸을 일으켰다.

"여기 대형 마트에서 한 시간 정도 쉬고 가겠습니다. 무이 안에는 대형 마트가 없으니까, 필요한 거나 간식거리 사실 분들은 여기를 이용하세요."

한 시간 후 버스에 오른 사람들의 장바구니에는 대략 비슷한 물품들이 담겨 있었다. G7 커피, 오랄비 칫솔, 그리고 베트남 소주 넵머이 같은 것. 모두의 장바구니에 칫솔도 한 뭉치씩 들어 있었다. 가이드가 베트남에서 유독 칫솔이 저렴하다고 해서 너도 나도 덩달아 산 것인데, 재난 여행지로 가는 사람들의 장바구니라고 하기엔 너무 일상적인 거 아니냐며 몇 사람이 웃었다.

"어쩌면 무이는 우리가 생각한 것보다 훨씬 일상적인 풍경을 하고 있을지도 모르죠."

요나를 향해 남자가 말했다. 일행 중에는 남자가 두 명 있었는데, 한 명은 갓 제대한 대학생이었고 입대할 때부터 이 여행을 준비해 왔다고 했다. 또 다른 남자는 얼굴은 마흔 언저리로 보였는데, 생각보다 젊었다. 그는 요나보다 겨우 한 살 더 많았고, 시나리오 작가라고 했다. 요나에게 말을 건 남자가 그였다. 아직 영화화된 작품은 없지만 두 자릿수의 시나리오를 영화사에 팔았으며, 본업보다는 잡다한 부업으로 생계를 유지한다고 했다. 남은 여자 두 명은 모녀지간이었다. 여자는 초등학교 교사였고, 나잇 실 땔아이와 함께였다. 그리고 이제 사람들은 요나에게 묻기 시작했다.

"아직 미혼이시죠?"

"몇 살이에요?"

"무슨 일 하세요?"

여행사에서 출장을 왔다거나, 이 상품을 만든 사람이 옆 부서 직원이라는 말은 할 수 없었다. 저 앞에 앉아 있는 가이드가 혹시 일행의 인적 사항을 아는지 궁금했지만, 다행히도 루가 아는 것은 여권에 나온 정보가 전부였다. 요나는 적당히 다른 직업을 둘러댔다. 결과적으로 서른세 살의 작은 카페 주인이 되었는데, 이건 요나가 늘 여분으로 상상해 본 삶의 형태였다. 실제로 정글을 그만두는 날이 온다면 요나는 커피와 파이를 파는 가게를 차리고 싶었다.

"사실 전 학자금 대출을 끌어다가 왔거든요. 상품이 보통 비싼 게 아니어서. 뭐, 보험도 두둑하던데 이참에 집에 효도 한번 하는 것도 괜찮잖아요."

대학생은 농담조로 말한 것 같은데, 가이드는 정색을 했다.

"주의 사항만 지키면 사고는 생기지 않아요. 규칙을 어겨서 생긴 사고는 보상받지 못하고요."

"아, 저도 알아요. 사실 원래부터 공정 여행에 관심이 많았거든요. 친구들은 다들 박물관이네 궁전이네 찾아 떠나지만, 전 그런 거 관심 없습니다. 이 여행이 끝나면 전 누구보다 더 열심히 살아 볼 생각이에요. 물론 어쩌다 죽는다면 집에 효도 하는 거고."

대학생이 말하자, 가이드가 또 한 번 못을 박았다.

"어쩌다 죽을 가능성도 없습니다. 저희 정글 시스템은요, 그렇게 허투루 만들어진 게 아니거든요."

대학생은 고개를 절레절레 저으면서 창밖으로 시선을 돌렸 다. 요나는 그 대화에서 두 가지 맹점을 발견했다. 하나는 대 학생이 기대하는 공정 여행의 느낌을 이 여행이 충족시키기 는 힘들다는 것, 다른 하나는 정글의 시스템이 100퍼센트 안 전을 보장해 주지는 않는다는 것이었다. 요나는 몇 차례, 정 글에서 벌어졌던 안전사고를 떠올렸다. 한 손으로 꼽을 정도 의 범위 안에서 사망 사고가 있었다. 강도나 교통사고, 열병 등이 사망 사유였는데, 강도와 교통사고 혹은 열병 따위는 여 행객들이 선택한 재난이 아니었을 것이다. 안내받은 적도, 홍 보되지도 않은 재난. 요나 입장에서 보자면 가이드는 본의 아 니게 거짓말을 하고 있는 셈이었다. 루의 말은 그가 믿고 있 는 정보 안에서는 사실이었으나, 사고가 없는 건 아니었다. 다 만 소문이 새어 나가지 않았거나, 조금 더디었을 뿐.

젓갈 냄새가 어둠처럼 포복하며 다가올 무렵, 그들은 목적지에 당도했다. 요나는 숨을 깊게 들이쉬었다. 이끼도 이 냄새는 느억맘이겠지. 책에서 활자로만 읽었던 냄새였다. 생선을 발효한, 젓갈의 일종이라고 볼 수 있는 느억맘은 재료에 조금씩 변형을 가하면서 이 일대의 식탁을 점령했다. 무이는 그런 느억맘에 기대어서 겨우 살아가던 곳이었다. "무이의 모든 아침은 생선을 거둬들이는 움직임, 무이의 모든 밤은 그 생선이 소금에 발효되는 냄새로 가득하다." 이것이 안내 책자의 첫 문장이었다. 그러나 실상 이 문장은 현재형이 아니었다. 지금 무이의 노동력은 대부분 가까운 베트남 쪽으로 빠져나갔다. 이제 무이에서 맡을 수 있는 느억맘의 비릿한 내음은 무이에서 나는 것이 아니라, 가까운 베트남의 항구도시 판티엣에서 나는 것이었다.

어쨌거나 요나는 이 비릿한 내음이 싫지 않았다. 누군가의 집, 누군가의 마을에 다다를 때 후각이 자극을 받는 순간은 처음 한순간뿐이기 때문이다. 다시 낯설어지지 않는 한, 처음 접한 그 순간의 후각적 자극을 매 순간 인식하기란 어렵다.

버스는 야자나무가 울창한 길을 달렸다. 벌써 어둑어둑한 무이는 이 도로의 끝에 무엇이 있는지 쉽게 말해 주지 않았다. 밤이 내려 까만, 유흥가도 하나 보이지 않는 섬이었다. 그래서 리조트 입구가 더 밝게 느껴졌다. 버스는 '벨에포크'라는 이름의 리조트 앞에 멈췄다. '전용 해변을 가진, 모든 객실이 오션 뷰로 준비된 천혜의 리조트'였다.

"반갑습니다. 어서 오세요. 여기는 무이입니다."

현지인 매니저가 한국어를 능숙하게 구사하며 그들을 맞이했다. 요나는 로비를 통과해서 저 멀리 바다를 바라보았다. 객실은 방갈로 형태로 모두 바다 위에 떠 있었고, 해변에서 방갈로까지 20미터의 거리를 목조 다리가 연결하고 있었다. 요나의 방갈로는 맨 가장자리였다. 직원이 문을 열고 요나에게 방갈로 내부를 소개하기 시작했다. 자동 개폐 커튼, 텔레비전과 오디오, 미니바, 안전 금고, 조명 등 그는 일반적인 고급 리조트의 내부에 대해서 안내했다. 그리고 "이 리조트에만 있는 특별한 것"이라면서 리모컨의 마지막 버튼을 눌렀다. 그 버튼은 객실 문 옆에 붙어 있는 커다란 눈동자 모양의 조형물을 조작하는 도구였다.

"이 눈꺼풀 모양으로 당신의 의사를 표시할 수 있어요. 두 눈의 눈꺼풀을 내려놓으면 방해하지 말라는 뜻, 눈꺼풀을 올려놓으면 청소해 달라는 뜻입니다."

밤이 깊었고, 사람들은 저마다 자신의 방갈로에서 낯선 밤에 적응하고 있었다. 방갈로의 눈꺼풀은 대부분 Do not disturb로 설정되어 있었지만, 교사의 방갈로만 떴다 감았다를 반복했다. 아이가 통유리 창가에 몸을 딱 붙이고 서서 리모컨을 연신 눌러 댔던 것이다.

요나는 소파에 쭉 기내앉났나. 흰 심구는 서리심 없이 톰을 던질 수 있을 만큼 청결해 보였다. 욕조 한편에는 장미꽃잎이 가득 든 바구니가 있었고, 창밖 몇 미터 아래로는 바다가 잠들어 있었다. 오랜만의 휴식이었다. 어쩌면 생각보다 괜찮은 여행이 될지도 모르겠다고 요나는 생각했다. 여행이 끝난 후에 이곳을 그리워할 감정을 미리 느끼는 자신이 낯설었다. 사람들이 여행에서 기대하는 것들, 그러니까 일상의 공백을 통해 가벼워지는 무게들과 예기치 않은 변화들, 그런 가능성에 대해 조금씩 생각하는 동안, 타지의 첫 밤이 기울었다.

아침 바다는 잔잔했고, 사방은 고요했다. 아침 식사를 하러 가는 동안 요나의 기분을 방해하는 건 아무것도 없었다. 파도 소리가 청량했고, 햇살도 뜨겁지 않았다. 이른 아침인데 현지인으로 보이는 몇 사람이 정원을 정리하고 있었다. 그들은 요나에게 인사했다.

식당에는 요나가 첫 손님인 것 같았다. 요나는 가장 전망이 좋은 자리로 안내되었다. 커피와 홍차 중에 커피를 선택했고, 프라이와 오믈렛과 스크램블 중에 계란 프라이를 선택했다. 계란을 한 면만 익혀 줄까, 양면 다 익혀 줄까 하고 요리사가 물었고, 요나는 한 면만 익혀 달라고 대답했다.

"계란을 한 면만 익힐지, 양면 다 익힐지에 대한 고민이라니. 아, 이건 정말 행복한 고민입니다. 그렇지 않아요? 이런 고민이라면 얼마든지 하겠어요. 평소엔 뭐, 계란이 어디가 어떻게 익는지 알 게 뭔가요, 타지 않으면 그걸로 다행이지. 안 그렇습니까?"

어느새 요나의 맞은편에 와 앉은 작가가 말했다. 곧 그가 선택한 커피와 계란 요리도 나왔다. 그는 커피를 한 모금 마신 후 말했다.

"여기 직원 수가 200명이라네요."

"그래요? 그렇게 많은 줄은 몰랐어요. 다 어디 숨어 있는 거지?"

"근데 사람들이 너무 낙천적인지 일을 설렁설렁 하나 봐요. 가이드한테 듣기로는 가장 일 잘하는 직원과 그렇지 않은 직원의 봉급이 열 배 넘게 차이 난대요. 일 잘하는 직원은 열 명 몫을 혼자 해내기도 한다는군요."

"그렇구나. 어제 그 매니저 정도면 고소득자겠네요."

"매니저는 월급이 우리 돈으로 300이 넘는다던데. 여기 물가 생각하면 엄청 센 거죠. 그런데 요즘 손님이 없나 봐요. 여기도 우리뿐이잖아요. 난 전세 낸 것 같아 좋긴 하지만, 식재료 같은 건 재고 쌓일까 걱정되네요."

그는 반달 모양 오믈렛을 포크질 세 번으로 모두 먹어 치웠다. 저만치 보이는 정원에서는 여전히 조경 작업이 한창이었다.

"많이 먹어 둬요, 오늘 일정 빡빡하던데."

"사막에 와 본 적이 있으세요?"

"몇 번 갔죠. 이따가 옷 선택을 잘 해야 돼요. 사막 다녀오면 모래가 맨살 위에 어찌나 촘촘하게 달라붙는지, 꼭 그거 있잖아요, 고기에 소금 후추 뿌려 가지고 밑간하는 거 있죠? 그렇게 된다니까."

작가는 그렇게 말하며 오믈렛 두 접시를 먹어 치웠다. 먹는 속도도 걷는 속도도 말하는 속도도 빠른 사람이었다. 그들이 식사를 하고 일어날 때쯤 교사와 아이가 들어왔고, 마지막으로 대학생과 가이드가 식사를 했다. 리조트에서 다른 손님은 볼 수 없었다.

사막은 섬의 북쪽 일대에 있었다. 일행은 사륜구동 두 대에 나눠 탔다. 섬의 일주 도로 위를 달리는 것은 그들만이 아니었다. 현지 아이들이 우르르 뛰어나와 손을 흔들기도 했고, 몇몇은 차 뒤를 따라 함께 달렸고, 소 떼가 도로를 점령하기도 했다. 소들의 몸체가 저 멀리 보이는 사막의 능선을 닮아 있었다. 멀리 있던 사막이 어느 순간, 갑자기 눈앞으로 다가왔다.

불어오는 모래바람 때문에 선글라스가 유용했지만 사막의 색감을 그대로 느끼고 싶어서 요나는 선글라스를 벗었다. 저 멀리 흰 사막과 검푸른 야자나무 숲의 경계가 두 가지 색 국기처럼 선명하게 보였다. 푸른 바다가 등장하면서 삼색 국기가 되더니 곧 세 가지로 설명할 수 없을 만큼 많은 색감으로 분류되었다. 사막은 스스로 분열하듯이 수많은 색들을 만들어 냈다. 사막에도 채도와 명도가 존재한다는 사실을, 사막을 말할 때에 수만 가지 색이 필요하다는 사실을 처음 알았다. 모래의 색에 따라 사막의 색도 달라지면서 이름이 달라졌다. 흰모래사막이 있는가 하면 붉은모래사막이 있었다. 같은 이름의 사막도 그 위에 구름이 얼마나 덮고 있느냐, 구름 위로 햇살이 내리쬐느냐 아니냐에 따라 색이 달라졌다. 재난이 휩쓸고 간 지역이 어쩌면 이렇게 평온해 보일 수가 있을까, 요나는 사막에서 눈을 뗄 수가 없었다.

"여기가 화이트샌드, 흰모래사막입니다. 무이에서는 옛날부터 카누족과 운다족이라는 두 부족이 거주지를 두고 싸우는 일이 잦았는데요, 1963년, 이 사막 위에서 카누족이 농기구로 운다족을 학살하기 시작했습니다. 거주지를 빼앗긴 데 대한 복수였지요. 사막에 운다족의 머리가 300개가량 널려 있었다고 합니다. 그걸 머리 사냥이라고 불러요. 그 학살의 밤부터 비가 엄청 많이 오기 시작했고, 사흘 후 일요일 아침에 그 일이 벌어진 겁니다. 흰모래사막의 일부분이 드릴로 파낸 것처럼 둥글게, 둥글게 무너져 내렸던 거죠. 그때는 다들 신의 저

주라고 생각했지만, 요즘 사람들은 그게 싱크홀 현상이고, 사막에서도 일어날 수 있는 자연현상이란 걸 알지요. 어쨌거나 사막에 널려 있던 머리들이 굴러서 그 싱크홀 안으로 들어갔어요. 구멍 깊이가 180미터쯤 됐다고 하지요. 그 와중에 카누족은 마을 곳곳에서 2차 학살을 시작했습니다. 지금은 너무 아름다운 사막이지만 그런 비극의 장소였던 거예요."

아이는 가이드의 설명을 들으며 눈을 빛냈다. 머리가 가득 들어 있는 구멍이라니. 그러나 아이가 상상한 구멍의 형태는 찾을 수 없었다. 그 싱크홀에 물이 들어차기 시작했고, 이제는 넓은 호수가 되었기 때문이다. 사람들은 이곳을 머리 호수라고 불렀는데, 지금은 머리 대신 연꽃이 떠 있었다. 구멍이 물로 차 버렸다는 말을 들어 놓고도 아이는 잘린 머리가 어디에 있느냐고 계속 물어 댔다. 사진 속 장면은 너무 흐릿한 흑백이어서 아이에게 감흥을 주지 못했다. 아이를 제외한 어른들은 모두 진지한 표정을 짓고 있었다. 교사가 그런 역사를 다시 되풀이하지 않는 것이 우리가 이 여행을 하는 목적이 아니겠느냐고 말했고, 작가는 고개를 끄덕였다.

그들은 호수가 보이는 휴게소에 앉아 잠시 땀을 식혔다. 커다란 눈망울을 한 아이들이 다가와 무언가를 팔기 시작했다. 팔찌, 피리, 인형 같은 것이었다. 어린 동생을 업고 나온 아이가 있는가 하면, 뜨거운 햇살 아래 있는 여행객들에게 커다란 우산을 씌워 주는 아이도 있었다. 아이들은 외국인 무리 속을 비집고 들어가다가, 깜짝 놀라 달아나기도 했다. 휴게소 주인이 아이들을 보며 험상궂은 표정을 지으면, 풀이 죽어 저구석으로 뛰어갔다가도 금세 되돌아와 "원 달러."를 외쳤다.

"저기 저건 뭐예요?"

요나가 멀리 보이는 건물에 대해 묻자, 가이드는 그곳은 붉은모래사막 쪽이라고 대답했다. 거기에 탑을 공사 중이라고. 가이드는 저 탑이 완공되면 전망대에서 사막과 바다를 내려다볼 수 있을 거라고 했지만, 탑은 완공될 리가 없었다. 요나가 알기로 저 탑은 공사가 중단된 상태였다. 업체가 완공을 포기했다고 들었다. 무이는 여러모로 그렇게 멈춰 있었다.

사막의 첫인상에서 요나가 느낀 것은 만지고 싶다는 충동이었다. 그러나 사막의 실루엣을 만지고 싶어서 손을 뻗어도 손안에 남는 것은 모래 한 줌뿐. 그 갈증을 해소하려는 듯이 요나도 경사진 사막에 올라섰다. 이미 그들 일행은 어느 틈엔가 곁에 온 노련한 할머니를 따라 모래언덕 꼭대기에 서 있었다. 할머니가 요나 뒤에서 썰매를 밀었다. 널빤지 같은 플라스틱 판이었지만, 썰매로 유용했다. 아이는 몇 번이고 썰매를 타고 미끄러졌다.

"이분은 1963년 머리 사냥의 유가족이세요. 지금은 이 일로 생계를 꾸리신답니다."

요나는 깊은 주름이 패어 있는, 눈이 너무 깊이 박혀서 표정을 읽을 수 없는 할머니를 카메라에 담고 싶었다. 카메라를 들이대자 할머니는 "원 달러."라고 말했다. 그러나 막상 모델이 되자 너무나 열심히 포즈를 취하는 바람에 오히려 사진이 나오지 않았다. 요나는 결국 할머니가 모든 일을 끝내고 저만치 걸어가는 뒷모습 한 컷 정도만 건질 수 있었다.

아이는 방갈로 앞 해변에 쪼그리고 앉아 있었다. 그러더니 잠시 후 후다닥 몇 미터 뒤로 뛰어갔다. 아이가 있던 자리에서 화약처럼 생긴 스탠드형 폭죽이 천둥 번개처럼 터졌다. 멀리서 교사가 달려와 아이 엉덩이를 때리면서 끌고 갔다. 저런 걸 어디서 가져왔느냐는 말에 아이는 휴게소 아이가 줬다고 대답했다.

요나는 아이가 있던 자리로 가 보았다. 수명을 다한 폭죽은 끝이 검게 그을려 있었고, 그 주변에는 개미들이 무수히 떨어져 있었다. 아마도 개미성 꼭대기에서 화약을 터뜨린 것 같았다. 개미 아닌 다른 바다 곤충들도 나뒹굴고 있었다. 요나가 폭죽을 쓰레기통에 버리고 한참 그곳을 걷고 있을 때 저만치서 엄마를 따돌린 아이가 달려왔다. 아이는 범죄 현장을 다시 찾은 범인처럼, 폭죽이 꽂혀 있던 자리를 찾았다. 그러나 폭죽은 이미 뽑힌 지 오래였고, 파도는 한 발 더 리조트에 가까워져 폭죽이 꽂혀 있던 구멍도 메워졌다.

"개미들이 아프잖아. 다른 애들도 많이 다쳤어."

"머리가 떨어졌어요?"

요나는 아이의 천진한 표정 앞에서 어떻게 대답해야 할지 난감했다. 아이는 요나의 대답을 기다리지 않는 듯, 사방에 보이는 개미들을 정신없이 발로 밟아 댔다.

"2차 학살을 해야 하는데."

"안 돼, 그럼 곤충들이 아프잖아. 다 같이 살아야지. 안 그래?"

"어? 부상자 운반하는 개미네. 지금이다!"

아이는 근처에 널려 있던 나뭇가지로 개미들을 콕콕 찔렀다. 땅바닥이 아스팔트처럼 단단하지 않고 푹신푹신해서 개미들이 자꾸 땅속으로 숨는 게 답답한 모양이었다. 아이가 "운다족 개미다, 죽이자!"라고 혼잣말을 하는 걸 보고, 요나는 재난 여행에 연령 제한을 둬야 하는 게 아닐까 생각했다. 아이는 여전히 개미를 '학살'하고 있었다. 요나는 자신도 어릴 때는 귀뚜라미나 여치를 잡아 커터 칼로 배를 갈라 보곤 했던 걸 떠올렸다.

"그런데 왜 이렇게 벌레들이 많지? 벌레들이 땅으로 올라와요."

아이의 말이 끝나기가 무섭게 굵은 비가 쏟아졌다. 요나는 아이의 손을 잡고 리조트 안으로 뛰어 들어갔다.

사람들은 쏟아지는 빗줄기를 보면서 티타임을 갖고 있었다. 매니저가 연유 넣은 커피를 준비해 주었다. 컵에 담긴 얼음 위로 커피 방울이 똑. 똑. 노크하듯 떨어졌다. 그것을 가만히 들여다보는 동안 시간도 똑. 똑. 점을 찍듯 멈춰 섰다.

"애가 돌 지나고부터 계속 데리고 다녔어요. 아가일 때 여행한 건 애들이 기억 못한다는 말도 많이들 하지만, 확실히 여행을 다녀오면 애가 쑥쑥 크는 게 보이거든요. 절대 안 먹던 음식을 먹으려고 한다든지, 도구를 쓰기 시작한다든지, 혼자 못 하던 행동을 시도해 본다든지, 그게 보이니까 애를 위해서도 방학마다 나가게 돼요."

이렇게 말하던 교사는 자신의 아이가 흠뻑 젖어서 들어오는 걸 보고 서둘러 일어났다. 아이를 좀 씻기고 오겠다며, 교사는 자리를 떴다. 이번에는 작가가 말을 이어받았다. 작가는 원래 센트레일리아에 가려고 했다가 마음을 바꿔 이곳에 온 경우였다. 센트레일리아는 미국에서 50년째 불타고 있는 마을이었다. 작은 불씨가 마을의 석탄 광맥에 붙기 시작하면서 아스팔트가 다 녹아내렸고, 대부분의 사람들은 그곳을 떠났다.

"「사일런트 힐」이란 영화가 거길 다루지 않았나요? 저도 거기가 궁금했는데 지하의 석탄이 다 연소되려면 한 250년은 더 걸릴 거라고 하니, 아직 그곳에 갈 시간은 충분할 것 같아요."

요나의 말에 작가가 "뭘 좀 아시는군요." 하며 자신도 그래서 훗날로 미뤄 둔 곳이라고 했다. 작가는 신나서 자신의 여행 지식을 늘어놓았다. 대학생은 리조트의 특정 구역에서만 허용되는 와이파이를 열심히 쓰고 있었다. 그는 휴대폰으로 인터넷 기사들을 읽다가 이렇게 말했다.

"농구공이 발견됐대요. 일본 앞바다에서."

"농구공요?"

"진해의 쓰나미 잔해들 말이에요. 진해에 사는 어떤 아이가 매직으로 이름을 써 놓은 농구공이 일본의 어느 해안가에서 발견이 됐다는 얘깁니다. 그쪽으로 가고 있는 모양이죠."

"하긴, 먼 데서 재난을 찾을 것도 없네요. 우리나라도 이제 쓰나미 안전지대가 아니라니까요."

"남해안 일대가 초토화됐더라고요."

"그런데 왜 우리는 여기까지 왔을까요?"

어느새 돌아온 교사가 그렇게 물었다.

"너무 가까운 건 무섭거든요. 내가 매일 덮는 이불이나 매일 쓰는 그릇과는 어느 정도 거리가 있어야 더 객관적으로 보이지 않나요?"

요나의 말에 사람들이 공감하는 듯했다. 대화는 한참 이어졌다. 그들이 재난 여행에 대한 방대한 지식과 감상을 풀어 내는 동안 가이드가 바로 이곳도 재난 여행지임을 상기시켰다.

"내일은 화산 투어가 있을 겁니다. 아침 느시고 오신 10시에 로비로 오시면 되세요."

사막에 다녀온 후 사람들은 적당히 들떠 있었다. 그러나 하이라이트를 너무 일찍 봐 버린 셈이었다. 사막에 다녀온 다음 날부터 이어질 프로그램은 요나가 볼 때 사막보다는 무료해 보였다. 기승전결이 전략적이지 못한, 이런 식의 스케줄은 누가 만들어 낸 것일까. 요나는 이곳이 왜 구조 조정 대상에 포함되었는지 알 것 같았다.

"앞에 언급한 온갖 혼합물들이 땅속 깊은 곳으로 곤두박질치는 과정을 상상해 보세요. 이런 지질학적 칵테일은 정말 놀라운 겁니다. 자, 여러분, 이제 화산 입구에 도착했는데요. 주의 사항 아시죠? 용암 위로 걸어가서는 안 돼요. 겉으로는 딱딱해 보여도 속은 부글부글 끓고 있으니까요. 실제로 1903년에 미국인 관광객 한 명이 죽고, 다섯 명이 다쳤죠. 화산재 구름은 시속 100킬로미터로 산등성이를 타고 내려옵니다. 내부 온도는 수백 도에 달하고요. 거기에 빠지면 산 채로 익어 버릴 수도 있어요. 아마 5분 안에 육즙이 우러날 겁니다. 화산암은 면도날처럼 날카로우니 함부로 바닥에 앉지도 마세요."

가이드의 말은 공허했다. 화산 입구에 선 경고문이 또 한

번 공포를 재현해 내느라 애쓰고 있었지만, 이곳의 분위기가 그 말들을 책임지지 못했다. 저만치서 이곳 아이들이 바닥을 뒹굴면서 놀고 있었다. 화산 입구의 노점들은 한국적인 방식으로 허기를 달래 주었다. 다양한 주전부리들 틈에 한국산 라면과 공깃밥도 있었다. 관광객이라고는 그들뿐이어서, 그들은 일말의 책임감을 가지고 그 음식들을 소비했다. 아이들은 직접 깎은 목공예품을 팔기도 하고 꽃을 팔기도 했다. 때로는 목공예품에 기념엽서를 한두 장씩 끼워 파는 상술을 발휘하기도 했다. 기념엽서만 따로 팔기도 했는데, 사진 속 풍경들은 여기가 아니었다. 요나는 인도네시아의 브라피 화산 사진이 여기서 버젓이 팔리고 있는 걸 보고, 이곳이 구조 조정 대상지라는 점을 새삼 확인했다.

가이드는 마치 너무 차린 게 없는 잔치의 최전방에 서서 이 잔치를 홍보해야 하는 사람처럼 지쳐 보였다. 가이드는 아주 오래전, 이 화산이 폭발했던 순간에 대해 묘사하고 있었는데, 자신의 입에서 나오는 말이 어떤 상황인지 스스로도 목격해 본 적은 없는 듯했다.

"차라리 말을 하지 말지. 말만 번드르르하지 이건, 뭐."

작가도 실망한 기색이었다.

"근데 말을 안 하면 여기가 화산인 줄 알까요? 전혀 모르겠어요."

요나의 말에 교사가 대꾸했다.

"분위기가 동네 약수터 같지 않아요?"

사람들은 약수터 꼭대기에 서서 동전을 던졌다. 사람들이 던지는 동전을 고스란히 받아 낸 채, 간헐천은 이미 차갑게 식어 있었다. 이곳으로 올라오는 동안 그들은 또 현지 아이들의 도움을 받았다. 아이들은 능숙하게 그들을 한두 명씩 말에 태우고, 꽃을 한 송이씩 쥐여 준 뒤, 화산 꼭대기로 인도했다. 말발굽 소리가 메트로놈처럼 경쾌하게 똑딱거렸다. 대학생은 실수로 꽃을 떨어뜨렸다. 꽃의 투신은 꼭 그 무게만큼의 먼지를 허공으로 솟구치게 했고 곧 다른 말발굽에 묻혀 버렸다.

사람들은 분화구 앞에서 부케처럼 꽃을 던지면서 사진을 찍었다. 소원을 빌기도 했다. 부케는 포물선을 그리면서 분화구 속으로 떨어졌고, 요나로서는 마치 분리수거를 깔끔하게 한 것 같은 느낌이 들었을 뿐, 그 이상의 전율은 오지 않았다. 어디선가 축포라도 터지듯이 회백색 화산재가 흩날리기를 기다리고 싶을 정도였다.

교사는 스케치북을 두 권 가져왔는데, 아이의 스케치북에 이 여행의 장면들이 활기찬 부조처럼 녹아들기를 기대한 행동이었다. 그러나 아이는 그림을 그리려고도 하지 않았고, 결국 엄마에게 엉덩이를 몇 대 맞고 나서야 스케치북을 펼쳐 들었다. 그러나 그 그림 속에는 아이 엄마가 기대하던 내용은 없었다. 아이가 속성으로 다섯 장이나 휘갈긴 그림의 첫 장에는 리조트에서 먹은 브라질식 바비큐가, 마지막 장에는 구덩이에 널린 머리들이 그려져 있었다. 첫 번째 것은 이 여행의 취지와 도무지 맞지 않았고, 마지막 것은 불쾌했다. 아이의 그림 속 잘린 머리들은 하나 같이 웃고 있었던 것이다. 게다가 익숙한 생김새들이었다. 머리는 하필이면 여섯 개.

"우리잖아, 엄마!"

아이는 그렇게 불필요한 설명을 덧붙였다. 교사는 그 그림이 일행들에게 불쾌감을 줄까 봐 민망해했다. 아이가 그림을 그리는 동안에는 쓸데없는 질문을 하지 않아서 편했지만, 그림이 이런 식이라면 차라리 질문을 하는 편이 나을 것 같았다. 이동하는 차량에서, 걸어가는 거리에서, 아이는 아이답게 질문이 많았다. 아이의 질문은 처음엔 분위기를 밝게 하는 데 일조했지만, 이제는 서서히 짜증을 불러오고 있었다. 아이는 거의 모든 것에 대해 끝말잇기하듯 물어보았고, 어느 순간부터는 아이 엄마뿐 아니라 가이드도 아무렇게나 대답했다.

최근의 재난 여행은 대부분 재난 그 자체를 보는 것으로 그치지 않고, 무언가 다른 요소들을 결합하는 추세였다. 관광과 자원봉사를 결합한 상품도 있었고, 관광과 서바이벌 프로그램을 결합한 상품도 있었다. 관광과 교육을 결합하여 역사나 과학 수업을 함께 진행하는 상품도 있었다. 교사는 계속 바로 그런 상품을 선택해야 했는데 잘못 골랐다며 투덜거렸다.

"요즘 애들은 대게를 잡아서 다리를 뜯으면, 그 안에 흰 게살이 들어 있는 줄 안다니까요? 생선 잡아서 반으로 가르면 그 속이 구이 상태로 되어 있는 줄 알고요. 생생한 체험을 하게 하는 데는 자연 학습이나 그런 게 최고인데, 여긴 테마가 좀 애매해요."

"엄마, 저기 저건 뭐야?"

그새를 못 참고 아이가 끼어들었다.

"엄마, 저기 노란 트럭 봐 봐, 저건 뭐야? 왜 달려?"

트럭이 달리는 이유에 대해서는 아이 엄마도 몰랐다. 알았다 해도, 아이 엄마는 같은 대답을 했을 것이다.

"엄마는 안 보이는데."

"엄마, 저기 봐 봐. 트럭이 잠깐 멈췄다가 또 달려. 진짜 빨리 달려."

"엄마는 안 보여."

"저것 봐, 엄마. 이제 다른 차가 왔어."

"엄마는 안 보이는데."

차는 아이 엄마가 힘들지 않도록 서둘러 속도를 냈다. 다른 사람들은 자는지 자는 척을 하는지 눈을 감고 있었다. 아이만 왜, 왜, 왜, 를 반복했다.

재난 여행을 떠남으로써 사람들이 느끼는 반응은 크게 '충격→동정과 연민 혹은 불편함→내 삶에 대한 감사→책임감과 교훈 혹은 이 상황에서도 나는 살아남았다는 우월감'의 순으로 진행되었다. 어느 단계까지 마음이 움직이느냐는 사람마다 다르지만, 결국 이 모험을 통해 확인할 수 있는 것은 재난에 대한 두려움과 동시에 나는 지금 살아 있다는 확신이었다. 그러니까 재난 가까이 갔음에도 불구하고 나는 안전했다, 는 이기적인 위안 말이다.

그러나 지금 이 사막의 싱크홀 상품에서 요나는 어떤 재난 여행의 효과도 실감하지 못하고 있었다. 이제 기대해 볼 것은 1박 2일로 예정된 홈 스테이뿐이었다. 1963년 머리 사냥이 일어났던 그 1박 2일을 체험하는 것이었는데 관광객들은 여기서 두 가지 옵션 중 하나를 선택해야 했다.

"운다족 입장에서 지내 볼 수도 있고요. 카누족 입장에서 지내 볼 수도 있습니다. 거주지가 좀 다르거든요. 원하시는 대로 선택하시면 되는 거예요."

교사와 아이는 운다족을 선택했고, 작가와 대학생은 카누족을 선택했다. 이유는 단지 저 아이를 피하기 위해서였다. 작가는 요나에게 이쪽으로 오라고 했지만, 요나는 오히려 그 말 때문에 운다족을 선택했다. 그들은 그렇게 두 쪽으로 나뉘어 사륜구동에 올라탔다. 운다족의 거주지는 흰모래사막 바로 옆을 흐르는 강줄기 위에 있었다.

"여기는 어제 그 싱크홀에서 해골도 발견되었던 운디족의 거주지입니다. 수상 가옥 형태지요. 관광 수입의 일부가 들어가서 운다족 아이들의 교육과 건강에도 도움을 줄 수 있도록 만들어진 곳입니다. 이 마을 사람들에게 피해가 가지 않도록, 또 문제가 생기지 않도록 너무 멀리 벗어나진 마세요. 우리 꼬마 아가씨도 엄마랑 떨어져서 멀리 가면 안 돼요, 알았죠?"

아이는 입을 삐죽 내밀면서, 엄마 뒤로 숨었다. 아이는 없는 말을 했다.

"엄마, 가이드가 내 머리를 자른대."

현지인의 집에서 하룻밤을 머문다는 것 때문에 기대감이 컸던 일정이지만, 그게 녹록한 건 아니었다. 벨에포크 리조트에 있던 에어컨이나 폭신한 침구 같은 건 여기에 없었다. 무엇보다도 화장실이 너무 자연 친화적이었는데, 그마저도 관광객들을 위해 따로 만들어 놓은 거라고 하니, 불만을 가질 수는 없었다.

"텔레비전은 배터리로 작동해요. 전기가 안 들어오거든요. 저기 보트 위에 올려진 집 보이시죠? 우기가 되면 사람들은 이렇게 보트에 집을 싣고 이사를 온답니다. 이제 우기가 시작되었죠."

창밖으로는 물 위에 뜬 미용실이 지나가고, 통학 중인 아이들이 지나갔다. 검은 고무 대야를 타고 물 위를 누비는 아이는 요나 일행과 눈이 마주치자 손가락으로 V자를 만들어 보였다.

"어머, 언니 예쁘다."

몇몇 아이들은 다가와 의자 위의 먼지를 탈탈 털어 주기도 했다. 아이들 때문에 이곳의 의자엔 먼지가 앉을 틈도 없어 보였다.

"이 아이들이 몇 개 국어를 할 줄 알까요?"

요나의 말에 교사가 아이들을 측은하게 바라보며 대답했다.

"이 아이들이 할 줄 아는 말들은 각국에서 가장 아름다운 말들일 거예요. 누구나 듣기 좋아하는 말들 아닐까요? 예쁘다, 귀엽다, 멋지다, 그런 것들."

한 아이가 자기 또래의 한국인 아이를 보고 다가와 예쁘다고 속삭였다. 아이의 눈썹을 가리키며 한 말이었는데, 교사의 딸아이는 다소 겁을 먹은 표정이 됐다. 마치 방금 그 말을 통해 눈썹이 무엇인지 처음 인식했다는 듯.

밝고 귀여운 아이들은 어디에서나 눈길을 끌지만, 이곳에서 가장 많은 관심을 받은 아이는 밝지 않았다. 아이의 눈은 호수처럼 물이 차 있었다. 눈물이 내내 그렁그렁한 그 아이는 요나와 눈이 마주칠 때도, 교사와 눈이 마주칠 때도 "엄마?"라고 되물었다. 운다족 여인은 안타깝다는 듯이 그 아이를 감싸 안으며 말했다.

"엄마가 얼마 전에 숙었어요. 얜 아식노 노트서드요."

운다족 여인은 아이의 할머니가 싱크홀 때 겨우 살아난 임산부였고, 아이 엄마는 결국 유전 질환으로 죽었다고 말해 주었다. 모든 게 그 구덩이에서 시작되었다는 사실이 요나 일행에게 무겁게 다가왔다. 교사가 손을 내밀자 아이는 "엄마?"라고 말하며 힘없이 안겼다. 교사의 아이는 이 상황이 이상한지 저만치 누워 있는 개 한 마리에게로 다가갔다.

늙은 개였는데, 대부분 시간을 배를 바닥에 대고 엎드려 있었다. 개의 등 위로 닿을 듯 말 듯 푸른 해먹이 걸려 있었는데, 교사의 아이가 그 위에 올라가서 몇 번을 흔들어 대는 동안에도 개는 꿈쩍하지 않았다. 물론 1963년의 일을 경험할 정도로 나이가 많은 건 아니었지만 그 개는 어쩐지 1963년 이후로 정지해 있는 듯 보였다. 카메라를 들이대도 전혀 표정의 변화가 없었다.

그들을 안내했던 운다족 여인은 이름이 '남'이라고 했다. 남은 낚시부터 요리까지, 한 끼를 준비하고 먹는 것에 대해 소개하며 한나절을 이끌었다. 그리고 저녁이 되자 네일 아트 도구를 들고 와서 요나 앞에 앉았다. 남은 영어를 곧잘 했다.

"운다족 여인들은 옛날부터 손재주가 뛰어났어요. 이런 건, 우리가 잘하죠."

표정이 풍부해서 인상적인 여자였다. 낯선 이의 손과 발을 들여다보는 일이 익숙한 사람과 낯선 이에게 손과 발을 내맡기는 것이 어색한 사람이 마주 보고 앉아 일은 진행되었다. 손톱과 발톱에 하나씩 분홍빛이 물들었다. 밖에서는 저무는 태양이 여전히 뱅글뱅글 돌고 있고 안에서는 선풍기 바람이 뱅글뱅글 돌았다.

밤이 왔다. 요나는 카메라를 들고 수상 가옥의 이곳저곳을 렌즈에 담았다. 눅눅한 침구, 목 졸려 죽은 시체의 헛바닥처럼 축 늘어진 알전구, 그리고 녹슨 지붕과 애당초 생길 때부터 아귀 따위는 맞지 않겠다고 작정한 듯한 방문까지. 눅눅한 침구 때문인지 요나는 바로 자리에 눕지 못하고 한동안 앉아 있었다. 가장 고역인 건 화장실이었다. 이 어둡고 축축한 임시 변소에서 바지를 내리고 엉덩이를 까발리게 될 줄은, 그리고 지난 사흘간의 변비가 하필 여기서 해소될 줄은 몰랐다.

교사에게도 재난이 일어났다. 아이의 장난감을 리조트에 두고 왔는데, 1박 2일이니 괜찮으려니 했던 게 오산이었다. 아이는 장난감을 찾지 않았지만 교사는 힘에 부쳤다. 아이에게는 제 나이에 맞는 장난감이 필요했다. 가이드가 뽀로로가 그려진 볼펜을 내밀었는데, 다섯 살 아이에게 뽀로로는 이미 식상한 물건이었다. 차라리 타요나 폴리라면 모를까. 타요도 폴리도 없어서 아이는 점점 산만해지기 시작했고, 저녁 식사

를 마치고 각자의 방으로 들어간 뒤에는 더 심해졌다. 아이는
이 수상 가옥에서 리모컨을 찾아 댔는데, 어딘가에 붙어 있을
눈꺼풀을 내리기 위해서였다. 쿵쿵 뛰는 아이를 달래느라 녹
초가 된 교사는 곯아떨어졌다. 잠시 후 리모컨을 찾다 지친 아
이도 그 옆에서 곯아떨어졌다. 효과음인지 꿈인지 잠결에 몇
번 비명 소리가 들렸지만, 문밖으로 나가 본 사람은 없었다.

　다음 날 아침, 동이 튼 직후 요나 일행은 짐을 꾸려야 했
다. 그들을 하룻밤 품어 주었던 수상 가옥은 이미 만신창이
가 되어 있었다. 1963년의 그날 밤처럼 운다족 족장은 밤사이
에 죽었고, 그 머리가 그들의 문 앞에 걸려 있었다. 사막 곳곳
에 피 묻은 농기구들이 떨어져 있었고, 잘린 머리들이 뒹굴고
있었다. 운다족 여인이 헝클어진 매무새로 다가와 어서 피해
야 된다고 말했다. 여기저기 널린 머리들을 돌부리처럼 피하
면서 요나는 걷기 시작했다. 교사와 아이도 걷기 시작했다. 그
들 뒤로 몇 명이 더 있었는데, 그들이 대부분 정글 일행의 짐
을 짊어지고 있었고, 나이가 열 살도 되지 않아 보였다. 해가
점점 높이 치솟으면서 사막은 달아올랐다. 밑창이 두툼한 샌
들을 신었는데도 요나의 발바닥은 불판 위에 올려진 것처럼
뜨거웠다.
　이제 그들은 흰모래사막의 가장 높은 지점에 서서 저 아래

에서 벌어지는 연극을 바라보았다. 운다족이 무기를 든 카누족에게 찔리고 밀리고 걸려서 넘어졌다. 물론 일방적인 싸움은 아니었다. 어느 순간 그 모두가 와르르 모래 구덩이로 빠져버렸기 때문이다. 모래 구덩이는 효과음과 소품과 조명에 의해 공포스럽게 보일 뿐, 그리 위험해 보이지는 않았지만, 사람들이 와르르 미끄러지면서 모든 무대가 끝났고, 어수선했다. 저만치 건너편에 카누족 여인과 함께 서 있는 작가와 대학생이 보였다.

각자 다른 숙소에서 시간을 보낸 일행들이 한자리에 모였을 때, 그들은 카누족을 선택하든 운다족을 선택하든 숙소나 식사나 일정은 거의 똑같았다는 점을 알았다. 그들은 수상가옥 안에서 각자 운다족 혹은 카누족의 몇 사람과 인사를 하고, 간단한 다과를 즐긴 후, 전통 공연을 보고, 같은 구조의 방에서 잠들었던 것이다. 마사지와 네일 아트, 낚시 등의 프로그램이 준비된 것도 똑같았다. 닮은 점은 또 있었다. 모두들 모기에 몸의 절반은 뜯긴 것 같은 상태였다.

모두 빨리 리조트로 돌아가고 싶어 했지만, 일정이 지체되었던 것은 요나 때문이었다. 요나가 머물렀던 방의 유리창 한쪽이 깨져 있었는데, 그게 원래 그랬는지 밤사이에 그렇게 된 건지, 아침 식사 시간에 그렇게 된 건지 시점이 모호했다. 깨진 유리창 덕분에 얻은 것은 이국적인 날벌레들, 잃은 것은 요나의 카메라였다. 작가가 유리창을 살펴보더니 누군가가 교묘하게 칼로 오려 낸 것 같다고 말했다. 사이느는 불편한 표정을 지으면서도 노련하게 일을 처리했다. 먼저 다른 수상 가옥들을 하나하나 점검하기 시작했다. 그들이 머물렀던 방은 물론, 그 옆에 늘어선 집까지 모두 뒤졌다. 일행의 것을 빼고, 카메라 세 대가 발견되었다.

"이중에 요나 씨 거 있나 봐요."

그것들을 보기도 전에 네 번째 카메라가 나타났다. 네 번째 카메라가 요나의 것이었다. 그것을 들고 온 사람은 교사의 딸아이였다. 아이가 이르듯이 말했다.

"아줌마가 아침에 나한테 들고 있으라고 했는데."

요나의 얼굴이 벌겋게 달아올랐다. 그제야 기억이 났다. 요나의 카메라가 발견되자, 카메라 세 대 중 한 대를 갖고 있던 운다족 아이가 울음을 터뜨렸다. 고무 대야를 타고 둥둥 떠다니며 손으로 V자를 만들어 보이던 아이였다. 요나는 달아오른 얼굴로 고개를 숙였다.

"미안합니다. 제 부주의로 이렇게 소란을 일으키고, 부끄럽습니다."

한국어라서 우는 아이는 전혀 알아듣지 못했지만, 요나로서는 함께할 일행이 자신의 말을 알아듣는 게 중요했다. 요나는 가방에서 사탕 봉지를 꺼내서 아직 울고 있는 아이에게 통째로 내밀었다. 그리고 도망치듯 차에 올랐다. 차 안에 흐르던 침묵을 깬 것은 교사였다. 교사가 혼잣말처럼 "저런 곳에 어떻게 카메라 가진 애들이 그렇게 많을 수 있지." 하고 말했는데, 그것이 대학생의 심기를 건드렸다. 그는 아침, 그 카메라 소동이 일어났을 때부터 심기가 내내 불편해 보였다.

"꼭 그렇게 집들을 수색하고, 긴장감을 조성해야 했어요? 이건 이 여행의 취지에 어긋나죠. 그러니까 자기 물건은 자기가 잘 관리해야 한다고 하는 거잖아요."

대학생이 말했다. 요나는 눈을 감고 가만히 있었다. 미안한 건 사실이었다. 카메라만 아니라면, 요나도 무언가를 잃어버렸다고 말하지는 않았을 것이다. 요나가 방관하는 동안 대학생이 가이드에게 말싸움을 걸기 시작했다. 대학생은 공정 여행의 취지에 대해 이야기했고, 결국 가이드는 이 여행은 공정 여행이라는 굴레에 얽매여 있지는 않다고 대답했다. 결국은 요나가 "제 불찰입니다. 죄송합니다."라고 말하며 두 사람을 말린 후에야 말싸움이 그쳤는데, 이미 가이드의 말에 속이 뒤집힌 대학생의 말끝에 욕이 튀어나왔다.

"엄마, 쉬발이 뭐야?"

아이가 그림 그리기를 멈추고 제 엄마에게 물었다.

"몰라도 돼."

"엄마, 엄마, 쉬발이 뭐야? 응?"

"너 알잖아. 몰라? 몰라서 묻는 거야?"

교사의 목소리는 분상 끝으로 살누톡 찍아졌는데 이이는 제 엄마의 그런 목소리를 듣는 게 재미있는 듯 일부러 우렁차게 대답했다.

"응, 알아! 욕이잖아, 욕!"

작가는 일부러 노점에서 산 운다족의 해골 장식 이야기를 꺼냈으나 누구도 관심을 갖지 않았다. 가이드는 일정표만 훑어보았다. 모두가 입을 다물고 있었다.

"엄마, 오므라이스 먹고 싶어!"

눈치 없는 애가 그렇게 상황을 마무리했다. 차가 어느 식당 앞에 멈춰 섰고, 곧 특별히 오므라이스를 포함한 점심 식사가 준비되었다. 대학생은 소화가 되지 않는 듯 명치를 두드렸다. 요나의 팔뚝에는 몇 시간 전만 해도 없던 두드러기가 솟아났다. 단지 물이 맞지 않아서만은 아닌 듯했다.

무이에서 식수난에 시달리지 않는 곳은 리조트뿐이었다. 그들은 지난밤의 경험으로 이 일대 수상 가옥 전체가 하룻밤에 쓰는 물의 양보다 리조트 투숙객이 하룻밤에 쓰는 물의 양이 더 많다는 것을 알았다. 그들은 점심을 먹은 후 네 시간 동안 우물 파기 작업에 돌입했다. 이 우물은 바로 전에 다녀갔던 팀들이 어느 정도 작업을 해 놓은 것으로, 릴레이식으로 여행객들에 의해 계속되고 있었다. 말이 없어진 일행들은 누구보다 열심히 우물을 팠다. 그리고 네 시간 후, 마치 보상처럼 물이 새어 나오는 기쁨을 누릴 수 있었다. 그것은 네 시간의 노동이 아니라 오늘 아침부터 있었던 감정 노동에 대한 보상 같기도 했다.

리조트로 돌아오기 전, 그들은 피로를 녹여 내듯 온천욕을 했다. 수질이 좋은지는 판단할 수 없었지만, 화산이 근처에 있으니 뭔가 기능성이 분명한 물일 거라고, 누군가가 떠들어 댔다. 두 시간 후, 그들이 얻은 것은 분명 조금은 더 부드러워졌을 피부, 그리고 기념 인장처럼 이마에 찍힌 모기의 흔적들이었다.

스콜이 지나간 대지는 금세 건조해졌다. '무이마켓'이라는 표지판 아래 몇 개의 천막과 노점들이 늘어서 있었다. 그들은 적당히 기념품을 사고, 근처 선술집에 들어가 앉았다. 벽은 허름했지만, 현지 사람들로 북적여서 흥겨운 곳이었다. 메뉴판도 따로 없었고, 정확히 뭘 파는지도 알 수 없었다. 가이드가 이런저런 음식과 술을 주문했다. 골목 끝에는 레게 머리를 만들어 주는 사람들도 앉아 있고, 문신을 그리는 사람들도 앉아 있었다. 어디선지 거대한 풍선 더미도 나타났다. 밤하늘로 솟아오를 준비를 마친 풍선들이 한 다발의 꽃 같았다. 거기서 풍선 두 개를 산 가이드는 하나는 요나에게, 다른 하나는 교사의 딸아이에게 주었다. 작가는 용과 하나를 어디선가 가져와서 반으로 갈랐다. 숟가락으로 과육을 싹싹 긁어 먹은 후, 남은 분홍빛 껍데기에 넵머이를 따랐다.

"자, 용과주예요. 원샷합시다! 이런 여행일수록 예민해지는 법 아니겠습니까. 자 먹고들 푸세요."

아이가 그 용과주에 혀를 갖다 대고 취하는 시늉을 해서 몇 사람은 당황하고 몇 사람은 웃었다. 어느새 대학생도 표정이 많이 누그러져 있었다. 사람들은 재난 지역으로 여행을 떠나지만, 그 여행 중에 자신들이 또 다른 재난을 남겼다는 것은 인정하고 싶어 하지 않았다. 요나도 그랬다. 요나는 그 운다족 아이가 주는 불편함을 잊고 싶은 마음에, 그날의 일정을 아예 머릿속에서 지워 버렸다. 술이 도움이 되었다. 그들이 단지 여행객임을, 그 간편하다면 간편할 수 있는 신분을 되새겨 보는 것도 좋았다.

"야, 여기 정말 얼핏 보면 카오산이나 데땀 거리 같은데요? 방콕이랑 호찌민에서 유명한 여행자 거리 말이에요. 방콕은 외롭지 않은 도시죠. 뭐랄까, 순진하지 않은, 노골적인 여행자들의 도시랄까. 그런가 하면 호찌민은 좀 더 촌스럽지만 적당히 까칠하고요. 여기 무이는 뭐랄까 꼭, 뭐랄까 꼭."

작가는 무이에 대한 정의를 내리지 않고, 다른 지역으로 넘어갔다. 요나는 속이 좋지 않았다. 속으로 무이는 뭐랄까 꼭,

무이는 뭐랄까 꼭, 하던 작가의 뒷말을 생각해 보고 있었다.

취기는 더 짙어졌다. 요나는 저쪽 출입구를 바라보았다. 바다로 통하는, 혹은 바다에서 이곳으로 통하는 그 입구에는 문이랄 게 없고 (혹은 지나치게 활짝 열려 있어서 보이지 않고) 단지 이 공간의 주제를 함축한 듯한 문장 하나가 걸려 있었다. 가이드의 말에 따르면 그 문장은 '마시면 행복해진다.'라는 뜻이었다.

한 무리의 현지인 청년들이 골목에 악보대를 펼치고 연주를 시작했다. 이제 골목에는 요나 일행밖에 없었다. 바이올린과 기타, 드럼. 모든 것이 울렁울렁 뒤섞이는 이 거리에서 그들은 멋진 선율을 만들어 냈다. 청중이 있다는 것을 기뻐하는 표정, 이 거리에서 연주하는 것이 즐거워 죽겠다는 표정, 키득키득 웃기도 하면서 때로는 진지해지기도 하는 태도, 그것이 요나에게 매혹적으로 다가왔다. 늘 산만하던 아이마저도 이 순간은 진지한 청중이었다.

연주가 끝난 후, 교사가 앞으로 나가서 물었다.

"밴드 이름이 뭐예요?"

"땡큐 티처."

그게 이름이라는 건지, 아니면 교사에게 한 말인지 불확실했지만 어쨌거나 이 폐허 속에서의 흥겨움이 신선했다. 땡큐 티처가 몇 곡을 연주한 후에는 한 노인이 몸을 끌면서 앞으로 나와 아코디언을 연주하기 시작했다. 그의 다리는 인어처럼 뒤로 말려 있었고, 그의 보자는 무릎 앞에, 구멍을 위로 하고 있었다. 요나는 아코디언이 공간을 만들면서 음을 내는 것이 흥미로웠다. 가이드의 설명에 따르면 머리 사냥 때 그는 가장 어린 축에 속했고, 지금은 그 일을 기억하는 사람 중 가장 늙은 축에 속하지만, 그 긴 시간 동안 그의 몸은 회복되지 않았다고 했다. 두 다리를 잃은 노인의 연주는 여섯 명의 사람들이 이곳에 온 이유를 새삼 되새기게 할 만큼 울림이 컸다. 요나는 카메라를 그에게 들이댈 수 없었다. 그냥 그 자리에 서서 그의 아코디언이 몸을 확장했다가 다시 수축하면서 만들어 내는 선율을 들었다.

아마도 무이 사람인 듯한 누군가가 요나 일행에게 사진을 찍어 주겠노라고 했다. 요나의 카메라에 정글 일행의 마지막 일정이 담겼다. 요나는 카메라 재생 버튼을 눌러 방금 찍힌 사진을 확인했다. 카메라 속에는 모두 600여 장의 사진이 있었다. 요나는 사진들을 하나씩 넘겨 보았다. 그러다 고무 대야를 타고 있던 운다족 아이들이 보이자, 당황해서 그만 삭제 버튼을 눌렀다.

3 끊어진 열차

마시고 행복해진 다음 날, 요나는 늦잠을 잤다. 여행 와서 처음으로 아침 식사를 걸렀다. 로비에서 모이기로 한 시간이 아침 10시. 지금은 9시 40분이었다. 속이 메슥거렸다. 세수를 하는 동안 내용은 잊어버렸지만, 지난밤 꾼 꿈의 불길함이 여운처럼 남아 있었다. 어쩌면 서울로 돌아가는 꿈을 꾼 건지도 몰랐다. 엿새째 아침이었고, 오늘의 일정은 종일 집을 향해 이동하는 것뿐이었다. 여기에 올 때 그랬던 것처럼, 또 몇 차례 이동 수단을 바꿔 타야 서울에 닿을 수 있었다. 비행기가 오늘의 모든 햇빛을 통째로 삼키고 나면 저녁, 인천 공항에 툭 떨어지는 게 예정된 일정이었다.

요나는 9시 50분에 프런트에 전화를 걸어 카트를 부탁했다. 5분 후 헐렁한 유니폼을 입은 직원이 카트를 몰고 왔다. 말랐지만 다부진 체격의 그가 요나의 여행 가방을 카트에 실었다. 처음 이곳에 오던 날 그랬던 것처럼. 머무는 동안 요나가 방갈로에서 호출을 하면 늘 그가 왔다. 떠날 때가 되어서야 요나는 그의 이름을 읽었다. 그의 가슴팍에 Luck이라고 적힌 명찰이 반짝거렸다.

"좋은 여행이었나요?"

럭이 물었다.

"네, 여기서 많은 걸 배우고 가네요."

"편안한 귀갓길 되세요."

요나의 지갑 속에는 100달러 지폐 몇 장밖에 없었다. 겨우 2달러 지폐가 눈에 들어왔는데, 그건 사용하려고 넣어 둔 돈이 아니었다. 오래전에, 누군가로부터 선물처럼 받았던 '행운의 2달러'였다. 요나는 결국 그걸 꺼냈다.

"럭, 이건 행운의 2달러래요. 갖고 있으면 행운이 온대요."

럭은 지폐를 보며 웃었다.

그들은 무이를 떠났다. 돌아가는 노선은 이곳에 올 때와 조금 달랐는데 버스가 아니라 열차를 이용하도록 되어 있었다. 열차의 목적지는 호찌민 공항. 버스로 올 때보다 아주 조금 더 시간이 단축되는 코스였다. 일행은 모두 의자에 몸을 기댄 채 자거나 말이 없었다. 도착하려면 아직 두 시간을 더 달려야 하는데 요나는 속이 불편해서 참을 수가 없었다. 어젯밤 술을 많이 마신 게 문제였다. 구역질이 나고 배가 부글부글 끓었다. 통로 끝에 있는 화장실로 갔지만 20분이 넘도록 사용 중이었다. 노크를 하면 그 안에서 문을 두드리는 소리가 정확히 들렸다. 결국 몇 칸을 더 건너가기로 했다. 요나는 한 손으로 배를, 다른 한 손으로 의자 머리들을 짚으면서 앞으로 걸어갔다.

화장실은 객차마다 있는 게 아니어서 한참을 걸어가서야 빈 화장실을 발견할 수 있었다. 변기가 이토록 사랑스럽게 느껴질 수 있을까. 요나는 거의 변기를 끌어안듯이 주저앉았다. 요나가 화장실을 찾고 이용하는 동안 30분이 흘러갔다. 그리고 그 30분이 모든 것을 바꿔 놓았다. 요나는 왔던 방향으로 다시 걷기 시작했다. 열차가 이리저리 흔들리는 것은 여전했지만, 뭔가가 달라진 느낌이 들었다. 열차는 요나가 걸어왔던 거리보다도 훨씬 짧아져 있었다.

열차는 30분 사이에 플라나리아가 분열하듯이 반 토막으로 잘려 있었다. 요나가 읽을 수 있는 객차 번호는 5번까지였는데, 화장실은 2번 객차에 있었고, 요나의 원래 자리는 7번 객차에 있었다. 5번 객차의 끝 문을 열었을 때는 빈 철로만 긴 꼬리처럼 따라붙었다.

요나의 자리는 아마도, 저 잘려 나간 열차 칸 어딘가에 있을 것이었다. 기차가 두 노선으로 분리될 수도 있다는 사실에 대해서는 안내받은 기억이 있었다. 문제는 지금 요나는 이편에 있고 요나의 짐과 일행은 저편에 있다는 사실이었다. 이편과 저편은 이미 끊긴 채였다. 급행이었던 열차는 뒷부분을 잘라 낸 후, 갑자기 완행이 되어 버렸다. 요나는 이 열차가 어떤 방향으로 가는지 알아야 했지만, 알 방법이 없었다. 역무원으로 보이는 사람이 요나에게 다가와 표를 요구했다. 요나의 표를 본 역무원은 고개를 흔들었다.

"그럼 이 열차는 다시 탈 수 없는 건가요? 전 공항으로 가야 해요! 제 짐도 일행도 그 열차에 있어요, 어떻게 해야 하죠?"

요나는 한국어로 한 번, 영어로 두 번 말했지만, 역무원은 알아듣지 못했다. 그래도 상황을 알아챈 역무원은 그 나라 말로 열심히 설명했다.

"두 정거장 전에 당신이 타고 있던 열차는 다른 노선으로 갔어요. 그건 급행이어서 여기서는 갈 수도 없고, 오늘 것은 이미 끝났어요. 공항으로 가려면 다른 교통편을 알아봐야 해요. 여기는 이제 이 좌석이 없어요."

요나는 그 말을 알아듣지 못했지만, 몸짓과 분위기로 보아 용케도 몇 가지는 알아들었다. 당신의 자리는 여기 없으니, 이제 그만 내려 달라고.

느린 열차는 친절하게도 곧 다음 역에 닿았고, 문이 열렸다. 그 역에서 내린 사람은 요나 혼자였다.

손가방이라도 몸에 붙여 놓고 있었던 게 천만다행이었다. 요나는 휴대폰을 꺼내 들고 가이드의 전화번호를 눌렀다. 가이드는 요나와 연결이 되자마자 화를 냈다.

"어디 계시는 거예요!"

문장 자체는 문제가 없었지만, 어투는 몹시 공격적이었다. 요나는 다급한 상황임에도 다음 말을 하기가 망설여졌다.

"화장실에 갔다 왔는데 열차가……."

"고요나 씨, 제가 첫날 말씀드렸죠. 가는 도중에 기차 중간이 분리되어서 각자 다른 노선을 타고 가는 경우도 종종 있다고요. 그러니까 화장실은 그 객차 칸에 있는 것만 이용해야 한다고요. 말씀드렸잖아요. 지금 저희가 얼마나 찾았는지 아세요? 비행기 시간은 아시죠? 어떻게 해서든 지금 공항으로 오세요. 지금 어디예요, 근데?"

"뭐라고 읽어야 되는지 모르겠어요. 여기 말 같은데 읽을 수가 없어요."

"택시라도 잡아타요. 아무거나 잡아타고 공항으로 가자고 말해요. 말이 안 통하면 우리 여행 책자 있죠? 정글에서 나뉘 준 거요. 거기 뒷면에 보면 지도가 있어요. 그 지도에서 공항을 가리켜요. 듣고 있어요?"

요나는 루를 얕잡아 봤던 게 미안했다. 그녀는 유능한 가이드였다. 그리고 지금 요나는 무능한 여행객이었다. 책은 요나의 짐가방 안에 있었고, 그것은 7번 객차 칸의 12번 좌석 위에 있었다.

"그것도 저한테 없어요. 어떡하죠?"

"그럼 빨리 택시를 잡아 봐요. 내가 설명할게요. 나를 바꿔 줘요."

요나는 휴대폰을 손에 쥔 채로 택시를 잡아 보려 하다가, 이미 전화가 끊긴 것을 알고는 가방 속에 집어넣었다. 지갑을 꺼내려고 했지만, 지갑이 보이지 않았다. 지갑은 여권과 함께 작은 파우치에 들어 있었는데, 그것이 통째로 증발해 버린 거였다. 찾기 시작하기만을 기다렸다는 듯이, 찾는 것마다 하나같이 없었다. 마치 제 엄마가 치우는 순서를 잘 보고 있다가 꼭 그 순서대로 흩뜨리던 아이가 지금 요나의 머릿속에 들어와 있는 것 같았다. 생각하기만 하면 차례대로 엉망이 되었다. 어쩌면 아침에 호텔에 두고 온 게 아닐까, 그랬다면 가이드에게 연락이 오지 않았을까. 무이를 떠나는 버스에 올라타기 전에 가이드가 여권을 확인했고, 분명 그때 요나의 여권도 있었기 때문에 전원이 버스에 올라탈 수 있었을 텐데, 그렇다면 가이드에게 여권이 있는 것일까. 요나는 휴대폰을 꺼내 다시 가이드에게 전화를 걸었다. 배터리가 한 칸밖에 안 남은 게 아까부터 불안했는데, 전화를 거는 순간 소리가 울리기 시작했다. 방전을 알리는 소리가.

"제 여권 가이드님이 갖고 계세요?"

저만치서 들려온 건 깊은 한숨뿐.

"요나 씨. 돈은요, 돈은 있어요?"

"지갑도 없어요. 따로 빼 놓은 돈이 조금 있긴 한데, 얼마 안 돼요. 어떻게 하죠? 영어도 잘 안 통하는 것 같은데."

"일단 저희 이제 수속 밟아야 하니까요. 제가 매니저한테 연락을 해 놓을게요. 여권이 없으면 공항에 온다 해도 지금 뭘 어쩔 수는 없으니까. 요나 씨는 나중에 합류하는 걸로 하죠. 그러니까 요나 씨는……."

갑자기 모든 소음이 끊어진 휴대폰을 들고 요나는 주저앉았다. 여행을 안 다녀 본 건 아닌데, 소매치기 한번 안 당해 본 것도 아닌데, 물건을 호텔에 놓고 온 적이 없는 것도 아닌데, 지금 이 상황은 너무도 낯설고 두려웠다. 아마도 언어 때문인 것 같았다. 요나는 이곳의 지명을 읽을 수도, 들을 수도 없었다. 요나의 말은 누구도 알아듣지 못했다. 저만치 경복궁을 지나 마포로 가는 버스가 보였다. 언젠가 가이드가 봤다던 노선. 그러나 그걸로 끝이었다.

요나는 머릿속으로 죽을 날짜를 알려 준다던 그 사이트의 화면을 떠올렸다. 아무리 많은 숫자가 섞여 있어도 언젠가 시간은 다하게 된다. 지금, 한 시간 정도의 수명이 단축되었다.

요나가 휴대폰의 전원을 다시 켰을 때, 겨우 문자메시지 하나가 들어온 게 보였다. 재빨리 메시지 버튼을 누르고, 그 내용을 확인했다.

"길은 폴에게 물어보세요."

그 문자를 읽자마자 휴대폰의 숨이 끊어졌다. 이제 완전히 끊어진 것 같았다. 요나는 일단 역무원을 찾아보려고 했으나, 지나가는 사람들만 있을 뿐 창구 하나 보이지 않았다. 관광 안내소 같은 건 기대할 수도 없었다. 여기는 그냥 지나가야만 했던 역이었다. 행인들을 붙잡고 말을 붙여 보려 해도 영어가 통할 리 없었다. 표를 파는 곳이 없으니 플랫폼에 무작정 서 있을 수만도 없는 노릇이었다. 언어가 통하지 않는 지역을 여행해 본 경험이 별로 없다는 걸 요나는 새삼 깨달았다. 그동안 여행했던 곳은 최소한 관광에 필요한 간단한 영어는 통하는 지역들이었던 것이다. 물론 낯선 언어라고 하더라도, 역이나 버스에서 오가는 대화는 일정 범위를 벗어나지 않는다. 기껏해야 왕복이냐 편도냐 한 명이냐 정도의 범위가 대부분이었지만, 지금처럼 이렇게 한마디도 통하지 않는 곳은 처음이었다. 베트남어를 배우지 않은 것을, 간단한 베트남어 회화가 실려 있던 가이드북을 짐 속에 넣어 버린 것을, 요나는 후회했다. 요나가 알고 있는 몇 마디의 베트남어는 늘 좋은 상황에서만 쓰는 것이라 긴급할 때는 소용없는 부도 어음과 같았다.

'호텔'이란 말을 알아들은 사람이 있었던 게 그나마 다행이었다. 요나는 몇 블록을 돌아서 호텔이라고는 볼 수 없는, 그러나 호텔이 분명한 건물들이 줄지어 선 골목으로 접어들었다. 몇 시간 지나지도 않았는데 며칠이 흘러가 버린 느낌이었다. 골목 앞에서 요나는 하늘을 쳐다보았다. 해는 어디 있는지 보이지도 않았고, 속이 조금 메스꺼웠다. 한 곳씩 순서대로 기웃거리다가, 아홉 번째 문을 열고 들어가서야 겨우 영어가 통하는 직원을 만났다.

"혹시 폴이란 사람을 아시나요?"

호텔 직원은 그저 입을 동그랗게 오므리면서 몇 번이나 "포올?" 하고 되물을 뿐이었다. 그는 폴이 누구냐고 물었지만, 그건 요나도 알 수 없었다. 다만 가이드가 매니저에게 연락해 놓겠다고 했던 것이 생각났다. 아마도 무이로 가는 걸 도와줄 수 있는 사람인 것 같다고 요나가 말하자 호텔 직원은 "무이?"라고 되물었다. 무이에 가야 하는 거냐고.

"네, 무이요. 그곳에 있는 벨에포크로 가야 하는데, 폴에게 물어보라고 해서요. 저, 아니면 제가 전화 좀 쓸 수 있을까요? 한 통화만요."

이미 일행의 비행기가 호찌민 공항을 떠났을 거라고 생각하면서도, 요나는 확인해 보고 싶었다. 호텔 직원은 전화기를 빌려 주었지만 가이드의 전화기는 이미 꺼져 있었다. 어쩌면 벌써 한국으로 가는 비행기에 올라탄 걸 수도 있었다. 요나를 보며 직원이 말했다.

"폴은 모르지만, 무이에 가는 길은 알아요. 무이로 가려면 항구로 가야 해요. 이 기차역이 아니고 여기서 열차를 타고, 다른 역으로 가서요. 그런데 아마 막배 시간이 얼마 남지 않았을 겁니다."

결국 친절한 직원은 요나를 선착장까지 태워다 주었다. 프런트를 비워도 상관이 없는지, 그는 서둘러 해결사처럼 앞장섰다. 요나는 그의 등을 붙잡고 오토바이에 올라탔다. 차라리 29인치 가방을 잃어버린 게 다행스럽게 생각되었다. 오토바이는 엄청난 무리의 오토바이들 속으로 뛰어들었다. 소음과 먼지 속에서 요나는 귀와 코를 꼭 닫아 두었다. 요나가 듣든 말든 호텔 직원은 베트남 사람들은 오토바이 타는 자세로 연인인지 부부인지 친구인지를 구분한다고 말했다.

"지금 우리는 무슨 자세일까 생각해 봤는데. 당신은 꼭……."

잠시 긴 소음 속을 터널 통과하듯 거친 후에 직원이 다시 말했다.

"당신은 꼭 짐처럼 앉아 있네요. 그러니까 사람이 아니라,

짐 말이에요."

연인과 부부와 친구와 짐 사이에 어떤 차이가 있는지는 알 수 없었지만, 요나는 그런 것 같다고 크게 대답했다. 그리고 당황하지 않기 위해 정신을 바짝 차렸다. 이 사람은 믿을 만한 사람인 것 같았지만, 그렇지 않다 해도 달리 선택의 여지가 없었다. 요나는 최대한 그의 몸에 밀착되지 않으려고 노력하면서 애써 덤덤한 태도를 유지했다. 그러나 곧 한없이 막막한 기분이 매연처럼 따라붙었다. 항구는 오토바이로 한참을 달려야 하는 거리에 있었는데, 항구에 닿아서야 그곳이 익숙하게 느껴졌다. 판티엣이었다. 여행 첫날, 칫솔이며 커피 따위를 샀던 대형 마트가 저만치 보였다. 직원은 아직 관광객들이 많지 않은 마을의 사람들이 대체로 그렇듯, 요나에 대해서 호기심과 책임감을 함께 느끼고 있었다. 그 덕분에 요나는 막배 시간에 늦지 않게 항구로 갈 수 있었고, 쉽사리 배표를 사고, 그곳에서 폴을 만날 수 있었다.

폴은 사람이 아니라 선박 회사의 이름이었다. 그러니까 베트남의 항구도시에서 무이로 가는 배들은 모두 폴의 소유였다. 요나의 몸에서 힘이 쭉 빠졌다. 허탈감인지 안도감인지 알 수 없었다.

스콜이 요란했다. 갑판 위로 수만 개의 빗방울들이 떨어졌다. 분명 5박 6일 전에도 한 번 탄 적이 있었을 텐데, 혼자여서 그런지 너무 낯설었다. 승객이 많지는 않았다. 몇 사람이 어둡고 축축한 구석에 앉아서 요나를 뚫어지라 바라볼 뿐이었다.

무이에 도착한 것은 밤 9시가 다 된 시각이었는데, 선착장에는 아무도 나와 있지 않았다. 다행히 선박 회사의 직원이 요나에게서 '벨에포크'라는 단어를 듣고 리조트에 연락을 취해 주었다. 곧 항구로 차 한 대가 왔다. 벨에포크의 마크가 그려진 차였기 때문에 요나는 안심했다. 한국과는 더 멀어진 셈이었지만, 이 타국에서 그래도 익숙한 곳은 며칠간 머물렀던 리조트뿐이었다.

그러나 정작 리조트에서는 요나의 상황을 모르고 있었다.

"연락을 받은 바가 없습니다만?"

요나가 가이드에게서 연락을 받지 못했느냐고 묻자, 매니저는 의아하다는 표정을 지었다. 그는 이리저리 서류도 들춰 보고, 어딘가로 전화도 한 뒤 "오케이." 하면서 전화를 끊었다.

"가이드도, 여행사도 전화를 받지 않네요. 하긴, 업무 시간이 끝났을 테니까."

"가이드는 비행기에 있을 거예요."

"일단 여권을 주시겠어요? 전에 머물던 방갈로를 하루 더 쓰실 수 있게 해 드리겠습니다. 여행사와는 내일 연락을 취해 보지요."

요나는 지갑이 없다는 사실을 말할까 말까 잠시 고민했다. 내일이면 여행사와 연락이 될 테고, 체크아웃하기 전에 숙박비를 지불할 수 있을지도 몰랐다. 그렇지만 내일까지 연락이 되지 않는다면? 내일은 일요일이었다. 한국은 이미 일요일로 넘어간 시점이었다. 비상 전화가 내일까지 연락되지 않는다면?

"제가 여권하고 지갑을 도난당했어요. 기차에서요. 그래서 가이드님이 여기로 가라고 했던 거거든요. 전 연락이 다 취해진 줄 알았어요."

"여권도 없으시다면 저희가 처리해 드리기 곤란합니다만."

매니저는 상냥한 미소를 잃지 않은 채로 말했다.

"제가 어디로 연락을 해야 할까요? 여긴 한국 대사관도 없는데."

"그럼 일단 오늘은 방갈로에 머무시지요. 밤이 늦었고, 잠만 주무시면 되니까, 저희가 머무실 수 있도록 해 드리겠습니다. 여행사든 대사관이든 내일 연락을 취해 보도록 하지요. 주말이어도 비상 전화가 있을 테지요. 단, 잠만 주무셔야 합니다. 밖으로 다니시지 말고요. 저희 방침을 깬 결정이라……."

요나는 카트를 타고 어제의 방갈로로 돌아왔다. 방갈로 문 앞의 눈꺼풀은 올려져 있었다. 요나가 들어간 후, 다시 눈꺼풀이 내려갔다. 내부는 어제와 같았지만, 안락함은 느낄 수 없었다. 요나는 킹 사이즈 침대의 끝부분에 서우 걸터앉았다.

요나가 여행 중에 가장 사랑하는 하루는 예기치 않은 하루였다. 원래 계획표에 없던 하루, 원래 일정에 없던 하루. 이를테면 예정보다 하루쯤 더 머물게 된다든지, 아니면 하루 정도 일정을 아주 변경하게 된다든지, 하는. 여행지에서 하루를 예기치 않은 휴식처럼 선사받으면, 여행을 마치고 나서 그 하루만 기억나는 경우도 있었다. 그런 하루는 보통 스물네 시간, 똑같이 돌아가는 지구의 흐름 속에 감쪽같이 숨길 만큼 작지도 않고 또 일상을 크게 뒤흔들 만큼 거대하지도 않아야 했다. 그런데 오늘 하루는 예기치 않은 휴식이라 하기엔 너무 거칠었다. 이 상황에서 허기가 느껴진다는 사실이 어색했고, 한편으로는 이 허기가 공포감을 더 자극하는 것 같아 두려웠다. 요나는 테이블 위에 있던 웰컴 과일 바구니를 보았다. 그 옆에 놓인 시리얼 바와 초콜릿 따위의 간식들도. 이 밤에 누가 올 줄 알고 저것을 저리 채워 놓았단 말인가? 우연이 아니라면, 요나를 위해 그 짧은 순간 웰컴 과일까지 준비해 둔 것인가? 요나는 그 무료 간식을 하나쯤 집어먹을지를 두고 한참을 고민하다가 여러 곡물이 단단하게 뒤엉켜 있는 시리얼 바의 포장을 뜯었다. 입에 넣고 무작정 꾹꾹 눌러 씹었다. 포만감이 금방 느껴지지는 않았지만 무언가를 씹을 수 있다는 사실이 고마웠다. 이 씹는 행위만이 모든 것의 실재를 증명해 주는 것 같았다. 그러나 참을 수 없는 졸음이 몰아쳐 오듯이, 결국엔 씹는 행위마저 무뎌져 갔다. 어쩌다 볼 안쪽이라도 쿡 씹게 되어 아픔을 느끼기 바랐지만, 이상하게 현실은 잘 씹히지 않았다.

아침에 눈을 뜨자마자 천장의 거대한 실링 팬이 눈에 들어왔다. 언젠가 요나는 리움 미술관에 있던 「마망」 조각상 아래에 누워 본 적이 있었다. 단지 사진을 찍기 위해서였는데, 지금 이 순간 그 거미 조각상 아래 또 누워 버린 기분이었다. 이번에는 사진을 찍기 위해서가 아니라, 먹히기 위해서. 요나는 발딱 일어났다.

휴대폰은 아무짝에도 쓸모가 없었다. 전원이 꺼진 휴대폰이 지금 자신의 처지와 닮아 보였다. 요나는 로비까지 걸어갔다. 감히 식당으로 갈 엄두는 내지도 못했다. 카트로 갈 때는 무척 짧았던 것 같은데, 걸어 보니 꽤 먼 거리였다. 그리고 동선 자체가 조금 달랐다. 오늘은 조경 작업이 없는 듯, 로비로 들어서기 전까지 한 사람도 볼 수가 없었다. 리조트는 마치 정지해 있는 것 같았다. 어쩌면 이 상황이 여행 프로그램의 일부가 아닐까 하는 생각마저 들었다. 그러나 매니저는 너무도 명확하게 몇 마디로 상황을 정리했다.

"고요나 씨. 여행사에서 걸려 온 전화도 없고, 저희가 걸어도 통화가 안 되네요. 어떻게 알까요?"

요나는 회사의 비상 전화번호를 눌러 보았다가 벨이 세 번 울리기 전에 전화를 끊었다. 여행사 직원이 출장을 가서 이런 식으로 위기에 처한 사람은 없었다. 이건 사고가 아니라 부주의로 기록될 일이었다. 먼저 돌아간 가이드가 상황을 해결해 줄 때까지 최대한 기다려야 했다. 고객 입장에서 구조를 기다리는 것, 그편이 요나에게 더 안전했다.

요나는 가방 안에서 카메라를 꺼냈다.

"이걸 맡아 주시고, 제가 하루만 더 머물 수 있을까요? 오늘은 일요일이니까요, 하룻밤만 더."

매니저는 잠시 고민하다가 카메라를 받아 들고 하루만 더 배려해 주겠다고 말했다.

"식사를 못 하셨을 테니, 간단히 조식을 준비해 드리죠. 오늘은 식당이 쉬는 날이어서요."

요나는 매니저가 준비한 팬케이크를 먹을 수 있었다. 상황이 또 이렇게 흘러가기도 하는구나, 안도와 피로로 요나는 소파 위에 축 늘어졌다. 리모컨을 들고 여섯 살 아이처럼 여기저기 버튼을 눌러 보았다. 방갈로 앞 눈꺼풀 모양의 표시등을 켰다 껐다 반복했다. 그러다 바로 앞 해변으로 나가서 걷기 시작했는데, 해변은 어느 틈엔가 리조트 밖으로 연결되어 있었다. 원래는 거기서 발길을 돌려 왔던 쪽을 다시 산책할 계획이었다. 그러나 저만치 지붕과 담벼락이 보이자 어느새 몸이 그쪽을 향하고 있었다. 전봇대와 전봇대 사이, 지붕과 담벼락 사이를 굵은 전선들이 연결하고 있었다. 전선은 오선지 같았다. 그 위로 새 몇 마리가 음표처럼 내려앉아 있고, 전깃줄의 끝부분은 높은음자리표처럼 둥글게 말려 있었다. 전에도 봤을 텐데, 며칠 전에는 이런 풍경이 눈에 들어올 틈도 없다. 생활의 흔적들은 이제야 요나의 눈에 들어오기 시작했고, 그런 낯선 모습들이 오히려 더 친근감을 불러오는 것 같았다.

한참을 걸어서 요나가 발견한 것은 '무이마켓'의 표지판이었다. 표지판만 있을 뿐 그날 밤의 천막이나 노점들은 하나도 보이지 않았다. 요나는 무이마켓 표지판을 지나 한참을 더 걸어갔다. 길은 금세 다시 낯설어졌다.

일요일의 골목은 아직 잠들어 있었다. 부서진 담과 깨진 창문들 중에 한 집을 요나가 한참 들여다보는 동안 깨진 창문 안쪽에서 누군가도 밖을 보고 있었다. 요나가 그 시선을 느끼는 순간, 시선은 금세 어딘가로 숨어 버렸다. 분명 처음 오는 길인데, 영 낯설지가 않았다. 벽의 낙서 때문이었다. 골목을 돌던 요나는 길을 잘못 든 게 아니라는 걸 깨달았다. 여긴 분명 지나갔던 길이었다. 낙서 중에 엉터리 한글이 있는 풍경이 재미있어서 사진을 찍었던 기억이 났다. 그러니까 처음 들어선 길이 낯설지 않은 게 아니라 낯익은 길을 낯설게 보고 있는 셈이나. 겨우 이틀 사이에 많은 그것기 뒤틀린 것 같았다. 지금 눈앞에 나타난 마을만 해도 그랬다. 이런 마을은 전에 본 적이 없었다. 본 적이 있다고 해도 이런 형태는 아니었다. 어쩐지 더 커진 것만 같았다.

저만치 사람이 있는 것을 보고 요나는 그쪽으로 다가갔다. 익숙한 노인이었다. 싱크홀로 두 다리를 잃고 아코디언을 연주하던 노인. 그가 저기 서서 빗자루와 휴지 조각으로 골프를 치고 있었다. 그는 땅바닥의 동그란 틈새에 열심히 휴지를 집어넣느라 요나가 다가오는 것도 알아차리지 못했다.

"여기서 뭐 하세요?"

그렇게 물은 건 요나였는데, 어쩐지 상황은 요나에게 답을 요구하고 있는 것 같았다. 요나는 가방 끈을 좀 더 몸 쪽으로 끌어오면서 덧붙였다.

"지나가는 길에요. 근데 여기서 뭐 하세요?"

노인은 요나를 슬쩍 쳐다보고는 다시 땅으로 고개를 돌렸다. 저렇게 꼿꼿이 서 있다니. 결국 다 쇼였단 말인가. 요나는 다시 노인을 불렀다. 노인은 요나를 쳐다보았다. 잠시 무언가를 망설이는 것 같더니, 곧 방향을 결정한 듯했다. 그는 다시 골프를 시작했다. 의혹이 서린 요나의 눈동자를 보면서도 노인은 자세를 고칠 생각을 하지 않았다. 너무도 건장하게 서 있는 노인의 모습에 요나는 화가 치밀어 올랐다. 노인도 화가 난 듯했다. 어쩌면 요나보다 더. 그는 빗자루를 저쪽으로 홱 집어던지고는 나뭇등걸에 걸터앉았다.

"제발 좀. 우리도 휴일은 필요하다고."

그렇게 말하며 노인이 고개를 들었을 때는 이미 요나가 빠른 걸음으로 그 골목을 벗어난 뒤였다. 무이는 요나가 며칠간 머물렀던 곳과 전혀 다른 표정을 갖고 있었다. 여행 기간 동안 요나가 본 것은 몇 가지 철 지난 재난으로 황폐해진, "원달러."가 유행하긴 하지만 그래도 소박하고 촌스러운 시골이었다. 자신의 평가에 따라 이 섬의 운명이 결정된다고 생각하면 죄책감이 느껴질 정도였다. 그러나 지금 다시 걷게 된 무이는 마치 개장 전의 테마파크 같은 느낌이었다. 노인이 위협적으로 느껴졌던 것도 아닌데 요나의 팔에는 소름이 돋아 있었다. 요나는 몸을 돌려 왔던 쪽을 향해 걷기 시작했다. 자꾸 걸음이 빨라졌다.

저만치 문을 열어 놓은 집이 보였다. 요나는 그쪽으로 걸어갔다. 그 안에 있던 여자는 텔레비전을 보는 중이었다. 인기척에 일어선 그녀는 뒤를 돌아보고는 자기도 모르게 작은 비명을 지르고 말았다.

"나한테 볼일이 있나요?"

여자가 말했다.

"리조트로 가는 길을 찾고 있어요. 길을 잃어서."

"벨에포크요?"

"네."

여자는 텔레비전을 끄고 문밖으로 나왔다.

"직진하다가 휘어진 길이 나오면 맨 왼쪽 길로 가세요. 바다가 나올 거고, 그 해변을 쭉 따라가다 보면 리조트 후문이 나와요."

요나는 여자가 영어를 꽤 잘한다는 사실에 놀랐다. 동시에 여자의 목소리가 낯익다고 느꼈다. 말할 때 여자의 입 모양도 낯익었다. 요나가 여자를 알아보는 동안, 여자도 조금씩 요나를 알아보는 듯했다. 여자는 팔짱을 끼고 어깨를 조금 움츠린 채 다시 문 안으로 들어갔다. 그 행동이 낯익었다.

"저기! 전에 우리 본 적 있죠?"

여자는 뭐라고 말을 하려다가 입을 꾹 다물고 배시시 웃기만 했다. 그 모습이 영락없는 '남'이었다. 1박 2일을 안내했던 운다족 여인, 남.

"당신 이름이 남이었잖아요. 이거!"

요나는 열 개의 손가락을 활짝 펴서 분홍색 손톱을 보여주었다. 그러나 지금 눈앞에 있는 여자는 그것을 알아보지 못했다. 여자는 무안한 듯도 보였고, 화가 난 듯도 보였다. 곧 여자는 집으로 들어가 버렸다.

"저기, 남!"

옆집 창문이 빼꼼 열렸다가 조용히 닫혔다. 눈에 보이는 것은 하나도 없었지만, 요나는 몇 분 사이에 이 골목의 많은 눈들이 껌벅껌벅 자신을 주시하고 있다는 걸 알아차렸다.

요나는 남이 알려 준 방향으로 걷기 시작했다. 뒤를 돌아보고 싶었지만, 그냥 앞만 보고 걸었다. 돌아보는 순간, 소금 기둥이 될 것 같았다.

저만치 붉은 점처럼 보이는 것이 리조트 건물이었다. 그러나 요나의 눈에 들어온 것은 리조트보다도 지금 이 앞에서 45도쯤 오른쪽으로, 둥글게 휘어진 길이었다. 무언가 소리가 들리기 시작했기 때문에 요나는 그쪽을 주시했다. 그리고 그 길 안으로 천천히 걸어가기 시작했다. 순간이었다. 길 끝에서 육중한 트럭이 달려오다 급정거했다. 이미 뭔가가 튕겨 나간 후였다. 몇 미터쯤 붕 솟았다가 다시 추락한 그것은 사람의 형태를 하고 있었다. 요나는 나무 뒤에 숨어 입을 틀어막았다. 운전석에서 누군가 급히 내려 쓰러진 사람 쪽으로 다가갔다. 길 위의 사람이 아직 숨이 끊어지지 않은 것을 보고, 운전사는 다시 차에 올라탔다. 트럭은 뒷걸음질을 치다가, 약간의 공백을 확보하자 곧 앞으로 다시 돌진했다. 길 위에 올려진 돌멩이는 물론, 작은 곤충들과 쏟아지는 햇빛까지도 들이 박아 산산조각 낼 만큼의 속도였다. 물론 그 위에 사람이 누워 있다 해도 결과는 다르지 않았을 것이나. 트럭이 지금 밟고 지나간 것이 무엇인지는 확인하지 않아도 알 수 있었다.

운전사는 시체 앞에 서서, 어디론가 전화를 했다. 잠시 후 다른 차가 왔고, 모든 상황이 종료되었다. 길은 고요해졌다. 몇 사람이 시체를 수습할 때 요나는 죽은 사람의 얼굴을 볼 수 있었다. 아코디언 노인이었다. 빗자루가 노인 옆에 나뒹굴고 있었다. 현기증이 일었다. 제 몸이 흔들리는데도 그것을 제어할 수 없다는 사실이 더 공포스러웠다. 원치 않게 이런 일을 목격하게 된 것도 공포스러웠다. 요나가 눈을 꾹 감았다가 심호흡을 하고 눈을 뜬 순간, 저만치 길에서 누군가가 이쪽을 보고 있었다. 요나를 보고 있었다. 요나는 뒷걸음질을 쳤다. 오른쪽 발목이 홱 꺾였다. 그 순간 뒤에서 누군가가 요나를 낚아챘다. 익숙한 얼굴이었다.

4 3주 후

"트럭을 봤다고요?"

매니저는 이상하다는 듯이 반문했다. 그 점이 요나를 더 불안하게 했다. 차마 사고를 목격했단 말은 할 수도 없었다.

"잘못 보신 걸 겁니다. 트럭은 외부인의 눈에 띄지 않아요. 그게 규칙이죠."

"노란색 트럭이었어요."

"흠. 그 트럭은 폴 사의 소유인데, 공사 차량으로 동원되거나 치안을 담당합니다. 그렇지만 소음 때문에 외부인이 와 있을 때는 아예 움직이지 않아요."

"외부인이 이 섬에 와 있는 걸 폴이 어떻게 알죠?"

"외부인들은 모두 이 리조트에 묵으니까요. 리조트에 외부인이 있다면 풀에서는 그렇게 큰 차를 놀리지 않아요. 내가 당신 숙박계를 적었으니, 외부인이 있는 서고, 풀은 움직일 리가 없습니다. 그보다도, 우리는 다른 이야기를 좀 해야 할 것 같은데요."

매니저는 요나를 똑바로 쳐다보며 말했다.

"당신이 약속을 깬 것에 대해서 말입니다. 분명 리조트 문 밖으로 나가면 안 된다고 했을 텐데요. 당신에게 무슨 일이 생기기라도 한다면 정글이 우리에게 뭐라고 하겠습니까? 우리 직원이 당신을 발견하지 않았다면, 무슨 문제가 생겼을지 모르는 것 아닙니까?"

"밖으로 나간 게 아니에요. 해변 쪽 산책로가 마을로 연결되어 있던데요."

"아닙니다. 리조트 해변과 마을 사이에는 분명 경계가 있어요. 높이가 낮긴 하지만, 담이 있어요. 당신이 그 길을 통해 밖으로 나갔다면, 당신은 분명 리조트 담을 넘은 겁니다."

요나는 부인하지 못했다. 매니저는 숙박비 청구서를 요나에게 내밀었다. 약속을 먼저 어긴 건 당신이라고, 매니저가 말했다. 정글과도 연락이 되지 않는다고. 더 이상 우리 상황에서는 당신을 도울 수 없다고. 그러면서 매니저는 미간에 주름을 만들었다.

"오늘은 배 시간도 맞출 수 없을 듯하니, 오늘까지는 여기 머무시지요. 내일 아침에 항구까지 모셔다 드리겠습니다. 그게 저희가 고객이었던 분께 해 드릴 수 있는 한계선입니다. 아시는지 모르겠지만, 무이에서는 허가받은 외국인이 아니면 함부로 머물 수 없답니다. 신분증 하나 없는 외국인은 더더욱요."

"허가는 어디서 받는 건데요?"

"폴에서요."

계속 폴이 들러붙고 있었다. 폴과 파울의 철자가 같다는 생각이 들자 요나는 머릿속이 복잡해졌다. 또 한 번 불편한 집단 속으로 떨어진 느낌을 지울 수가 없었다. 결국 요나는 정글의 비상 연락 번호로 전화를 걸었다. 수중에 여권과 지갑이 없다는 것, 가방 주머니에서 천진하게 나뒹굴던 잔돈 몇 푼이 전부라는 사실이 요나를 두렵게 했다. 퇴근한 김과는 생각보다 쉽게 통화가 이루어졌는데, 요나는 곧 그렇게 쉽게 연결된 통화가 원망스러워졌다.

"일정 안에 못 돌아온 건 자네 과오지. 그걸 어떻게 또 회사에서 수습해 주길 바라겠나. 누가 키워 주길 바라지 말고 스스로 길을 찾아야지. 낙오가 아니라 자네 스스로 출장을 위해 연장 근무를 신청했다고 생각해 보면 어때? 이걸 기회로 삼아야지. 자네가 3년 전과 같은 위치가 아니란 건 알고 있겠지? 내 안타까워서 하는 말이야."

느긋한 김의 말투가 요나를 더 긴장하게 만들었다. 잠시 여기보다 거기가 더 중요한 곳이고, 여기보다 서기가 더 무시운 곳이라는 사실을 요나는 잊고 있었다. 어떻게 저 좀 한국으로 돌아가게 해 달라는 말 따위는 꺼내 보지도 못했다. 방법이 없진 않을 거였다. 한국에 있는 사람들에게 전화를 걸어 리조트로 돈을 부쳐 달라고 할 수도 있을 것이다. 그 후에는 리조트에 호찌민 공항까지 가는 법을 부탁할 수도 있을 것이다. 여러 방법이 있었는데, 왜 무작정 정글에 전화를 했을까. 지난 10년간 너무 정글 의존적이 된 것인가.

처음에는 여행이 좋아서 지원한 회사였지만, 10년을 버티는 동안 정글은 요나에게 점점 다른 의미가 되어 갔다. 정글에서 파는 것이 여행이 아니라 다른 무엇이라고 해도, 요나가 만들어야 하는 것이 여행이 아니라 다른 무엇이라고 해도, 해야 한다면 할 수 있었다. 서른셋. 가정 따로 회사 따로 꾸려 갈 여유가 없는 사람들에게 정글은 최적화된 직장이었다. 사내 커플을 권장했고, 원하는 사람들에게는 사내 소개팅을 주선하기도 했다. 회사에서 멀지 않은 곳에 사택도 제공했다. 병원도, 극장도, 스포츠센터와 쇼핑몰도 모두 회사 내에 있었다. 이런 회사의 단점이란 딱 하나뿐이었다. 회사를 그만두는 순간 인생 전체를 리모델링해야 한다는 것.

본전도 못 찾은 전화였지만, 성과가 없진 않았다. 누군가가 초인종을 눌렀고, 문을 열었을 때 방갈로 앞에는 카트가 대기하고 있었다. 매니저가 "긴밀히 상의할 내용이 있다."고 했다는 것이다. 매니저의 표정이 어제와는 달랐다.

"국제전화를 쓰셨더군요."

"네. 그것도 함께 청구하세요."

"정글과 통화를 하셨더군요."

"그런데요."

"왜 말씀하지 않으셨습니까? 당신이 정글 직원이라는 걸."

"도청도 하시나요?"

요나는 매니저의 태도에 당황해서 자기도 모르게 소리를 질렀다.

"얘기가 길어질 것 같으니, 일단 들어가서 얘기하시죠. 럭, 미스터 황 오시는 대로 안으로 모셔."

먹구름이 커지더니 비가 후두둑 떨어지기 시작했다. 요나는 매니저를 따라 그의 사무실로 갔다. 매니저는 다과를 준비하고는 전보다 부드러워진 목소리로 말했다.

"어제 일은 사과드립니다. 워낙 외부인에 대해 예민하다 보니, 몰라 뵙고 실수를 하게 됐습니다. 죄송합니다."

매니저는 카메라를 요나에게 다시 내밀었다. 그는 요나의 명함을 받고 싶어 했지만, 요나의 지갑은 이미 행방불명된 상태였다. 사실 지갑이 있었다 해도 그 안에 명함은 들어 있지 않았다.

"실은 어제 아침, 정글로부터 재계약에 대해서 좀더 검토를 해 보겠다는 통보를 받아서 좀 예민해져 있었습니다. 메일만 한 통 왔더군요. 아시다시피 전화는 연락도 안 되고요."

"그래요? 아직은 아닐걸요. 이 리조트 건은 제가 돌아가야 마무리돼요. 물론 저도 당신의 서비스 정신을 생각해 보면, 당장 손을 떼자고 말하고 싶지만."

"당신이 결과를 바꿀 수도 있는 겁니까?"

"그걸 검토하고자 여기 온 거니까요."

담당자 서명을 하고 간 건 요나였고, 보고 결과는 아직 정글에 도착하지도 않은 상태인데, 재계약에 대해 검토를 해 보겠다는 메일 통보가 하필 이 시점에 날아온 것은 무슨 의미일까. 메일을 보낼 권한은 담당자인 내게 있는 것 아닌가. 그런데 나도 모르는 메일이라니. 요나는 초조한 기색을 숨기느라 허리를 꼿꼿이 세우고 좌우로 흔들었다.

"여러모로 제가 결례를 범했습니다. 부탁드립니다. 지금 손을 떼면 안 됩니다. 아직 보실 게 많이 남아 있습니다."

매니저의 말이 곧 요나가 하고 싶은 말이었다. 정글에 바친 시간이 얼만데, 주말도 반납하고 수치심까지 묻어 두고 일했는데, 그런 내게서 손을 뗀단 말인가.

"제가 평가하는 무이의 등급은 D예요. 보통 정글은 B등급 이상일 때 재계약을 하죠. 물론 D는 E나 F등급에 비하면 재검토 여지가 남아 있는 편이지만요."

말하면서도 어쩐지 찜찜한 문장들이었다. 요나는 자꾸만 D등급에 감정 이입이 됐다.

"아주 가능성이 없는 건 아니군요. 왜 무이를 D등급이라고 생각하십니까?"

"정글에서 취급하는 상품은 대략 150개 정도예요. 수많은 프로그래머들이 계속 상품을 만들어 내죠. 새롭지 않으면 강력하기라도 해야 상품도 살아남아요. 지진, 태풍, 화산, 산사태, 가뭄, 홍수, 화재, 대학살, 전쟁, 방사능, 사막화, 연쇄 범죄, 쓰나미, 동물 학대, 전염병, 산사태, 수질오염, 수용소, 감옥, 기타 등등. 이중에서 실제로 한국인에게 인기 있는 상품은 대체로 이국적인 모험심을 자극하죠. 그런데 여기는 이렇다 할 특징이 없더군요. 머리 사냥과 싱크홀은 무척 매력적인 소재지만, 문제는 그게 이미 50년 전 과거사고, 이제는 일어나지 않는다는 거죠. 게다가 여기 사막은 사막이라고 보기 힘들어요. 정확히 말하면 사구잖아요. 수상 가옥 홈 스테이는 글쎄요. 여느 박물관이나 테마파크에서 쉽게 재현해 낼 수 있는 수준이라 군살처럼 느껴지더군요. 그냥 평범한 타지로서는 매력적이었어요. 그렇지만 굳이 비싼 돈을 주면서까지 선택할 재난 여행 상품은 아니지 않을까요?"

"처음엔 인기가 왜 있었습니까."

"수명이 다한 거죠. 지속될 만큼 볼거리가 많지 않으면 바로 퇴출이랍니다."

그때 노크 소리가 들렸고, 매니저가 자리에서 일어났다.

"미스터 황이 오셨나 봅니다. 구면이실 겁니다."

문이 열리고 들어온 사람은 작가 황준모였다. 그는 요나를 보자마자 입을 쩍 벌렸다.

"당신이었군요! 한국인이 방에 있다기에 누군가 했는데, 요나 씨인 줄은 몰랐네요. 아니, 며칠 사이에 왜 이렇게 말랐어요? 아직 한국에 안 간 거예요, 아니면 갔다 온 겁니까?"

"아직 못 갔어요. 그런데 어떻게 다시 오셨어요?"

요나의 입에서도 작은 탄성이 흘러나왔다. 헤어진 지 며칠 지나지 않았는데 꽤 오랜만에 본 것처럼, 그가 몹시 반가웠다. 빗방울이 창을 두드리는 소리가 좀 더 거세졌다. 매니저가 연유 커피와 마카롱을 내왔다.

"자자, 앉아서 얘기하시죠. 얘기가 길어질 것 같으니 일단 앉으세요."

작가는 단숨에 커피 반 컵을 마셨다.

"아이고, 가이드는 거의 폭발 상태였어요. 우린 그 비행기를 놓치고 다음 비행기로 돌아갈 생각이었거든요. 일행 모두가 당신을 데리고 가자고 했기 때문에, 당신을 기다렸던 거예요. 그런데 당신은 연락도 되지 않고. 결국 우리는 성과 없이 다음 비행기를 탔죠. 비행기 안에서 그 꼬마는 계속 울어 댔답니다. 스케치북을 놓고 왔다나 뭐라나."

"혹시 저를 데리러 오신 건가요?"

"그렇다면야 더할 나위 없는 영광이지요."

작가는 요나가 기대하는 역할을 할 수 없어서 몹시 아쉽다는 듯, 한숨 돌리고는 남은 커피를 입안으로 털어 넣었다.

"일하러 왔습니다. 제가 잡다한 부업이 생계에 도움이 된다고 말했던가요? 프리랜서로 일하는데, 그땐 정글이 갑이었고, 지금은 여기가 갑. 계약 기간이 만료될 때까지는 여기에 눌러앉아야 할 것 같네요."

"정글이 갑이었다고요?"

"갑이었죠. 전 아르바이트였어요. 그게 원래 일행이 최소 다섯 명 이상이어야 출발할 수 있는데, 네 명밖에 없다고 해서 제가 아르바이트한 거예요. 모니터 요원 개념으로. 뭐, 요나 씨 같은 미인도 만나고, 나쁠 건 없었죠. 하하."

"정글과 갑을 관계인 건 저와 같네요."

"그럼 요나 씨도?"

"전 거기 직원이에요."

"허, 저보다 한 수 위시네요. 뭐 비밀 작업이라도 한 겁니까? 아니, 근데 무슨 여행사 직원이 고립되고 그래요?"

요나는 사신도 모르겠다는 듯 어깨를 들썩거렸다. 질카 딕분에 요나는 자신의 가방이 지금 호찌민 공항 보관소에 있다는 것을 알았다. 며칠간 멈춰 있던 휴대폰도 충전할 수 있었는데, 폴에게 물어보라고 했던 문자는 가이드의 번호로 온 게 아니었다. "꽃미녀에게 오는 길은 폴에게 물어보세요."가 전문이었다. 요나는 기운이 쭉 빠졌다.

타국까지 날아온 스팸 문자 때문에 지금 엉뚱한 곳에 와 있는 거란 생각을 하자 머리가 아파 왔다. 그렇지만 가이드는 분명 매니저를 언급하지 않았던가. 요나가 신경 쓰이는 건 그런 점이었다. 또 내가 말을 못 알아들은 것인가? 정신이 퍼뜩 들었다. 어쩌면 이 모든 상황이 내 능력을 시험해 보려는, 옐로카드의 끝판일 수도 있었다. 그러니까 지금 이 상황도, 이 고난도 출장의 일부일 수 있었다. 자네 스스로 길을 찾아보라던 김의 말이 떠올랐다. 요나는 자신이 검증된 재난 안으로 들어온 것인지 아니면 그 밖의 진짜 혼돈에 떨어진 것인지 알고 싶었다. 어쩐지 이 상황에 의심을 품을수록 더 늪에 빠지는 것 같아 생각을 그대로 방치할 수도 없었다. 요나가 정글을 신뢰하지 못하는 이 시점에 리조트는 요나를 신뢰했다. 요나가 정글의 일원이라는 이유 때문이었다.

"그런데 황준모 씨는 무슨 일을 하시는 거예요, 여기랑?"

"일단 차에 타시죠. 갈 곳이 있습니다."

세 사람은 차를 타고 무이의 일주 도로를 달렸다. 작가가 요나의 귀에 대고 말했다. 놀라지 말라고.

차는 붉은모래사막 앞에 멈췄다. 그곳은 흰모래사막에서 그리 멀지 않으면서도 완전히 분위기가 달랐다. 입구부터 공사판 같았는데, 그 말은 곧 '입구'라고 할 만한 것이 따로 있다는 말이었다. 주변엔 3미터 정도 되는 담벼락이 보였는데, 그것이 붉은모래사막을 한 바퀴 감싸고 있어 입구가 아니면 그 안으로 드나들 수 없었다. 담 위로 보이는 건 삐쭉 솟아난 미완성의 탑 하나뿐이었다. 계획대로라면 사막 끝과 저 바다까지 한눈에 내려다보는 전망대가 되었을 탑. 그러나 공사는 1년 전 중단된 후 지금까지 멈춰 있었다. 업체 측은 완공을 해도 돈만 먹을 것이 분명한 탑을 그냥 방치해 두고 있었다. 탑은 인체의 형상을 하고 있었는데, 그 내부로 나선형 계단이 있었고, 그것을 타고 올라가면 전망대가 나오는 구조였다. 그러나 목 윗부분은 아직 표정이 없었다. 처음에 이것은 예수상으로 만들어졌는데, 업체가 바뀌면서 성모마리아상으로 바뀌었다가, 지금은 아무것도 아닌 얼굴로 멈춰 있었다. 작가가 그 표정 아닌 표정을 바라보며 말했다.

"일 잘되면 저기다 내 얼굴이라도 새겨 주는 겁니까?"

매니저가 웃으며 대답했다.

"탑 공사가 이제 다시 시작될 겁니다. 반년 전부터 소홀해 오다가, 폴에서 공사를 마무리 짓기로 했거든요. 저희 리조트도 폴의 계열사 중 하나인 건 아시지요?"

요나는 가볍게 고개를 끄덕였다. 사실은 처음 듣는 이야기였다.

"사실 앞서 두 업체가 이 탑 공사를 하다가 손을 뗀 것이, 여기가 돈 먹는 하마가 될 거란 우려 때문이었죠. 일정 부분 뻔한 예측이기도 합니다만, 폴이 투자했으니 좀 달라질 겁니다. 폴은 무이 전체에 적지 않은 금액을 투자했습니다."

요나는 막연히 선박 회사라고만 짐작할 뿐, 아직도 폴에 대해 안다고 말할 수 없었다. 그러나 그것을 들키고 싶지는 않아서 우회적으로 접근해 보기로 했다.

"폴에 대해 어떻게 생각하세요?"

매니저는 요나의 질문에 당연한 정답이라는 듯 대답했다.

"천부적인 사업가죠."

"그렇군요."

"폴은 실패할 사업엔 손을 대지 않는다고 하죠."

당신네 리조트는 지금 거의 파리 날리는 수준 아닌가요, 라고 요나는 속으로 생각했다.

"폴을 실망시키지 않기 위해서라도 무이를 살려야 합니다.

그래야 벨에포크도 살죠. 폴이 무이에서 손을 뗀다면, 그때는 정말 재난이 시작되는 겁니다."

그들은 탑의 발 쪽 입구를 통해 내부로 들어갈 수 있었다. 그리 넓지 않은 폭의 나선형 계단이 있었고, 매니저가 앞장을 섰다. 그다음이 요나, 그리고 작가였다. 나선형 계단 안에서 매니저의 목소리는 크게 울렸다.

"폴이 왜 무이에 투자했는지 아십니까?"

"글쎄요."

"싸니까요. 무이는 지금 모든 것이 헐값입니다. 이 일대의 다른 곳과 비교해도 한참 그렇죠. 폴은 싼값에 무이의 가능성을 산 겁니다. 정글도 어떻게 보면 지금이 기회죠. 무이는 지금이 바닥이고, 이제 치고 올라갈 일만 남았습니다."

요나는 잠자코 듣고만 있었다. 나선형 계단을 몇 바퀴씩 돌 때마다 동그란 창문이 하나씩 나타났는데, 그 창문이 아니었다면 어쩐지 질식할 것만 같은 구조였다. 작가는 이제 겨우 탑의 무릎까지 올라온 것 같다고 투덜댔다. 그는 처음이 아니었다. 벌써 세 번째 이 탑을 방문하는 것이었다. 반대쪽 출입구로 올라가면 전망대까지 한 번에 올라가는 엘리베이터가 있었지만, 지금은 운행되지 않았다.

"폴은 투자에 성공할 겁니다. 사실, 폴이 준 정보에 의하면 국제기구에서 이 일대를 대상으로 조만간 재난 극복 프로그램을 띄운답니다. 이 인근 재해 지역 중에 한 곳을 정해 막대한 지원금을 들여서 도시를 재선하는 서쇼. 하누모 찡비부디 전력 문제, 도로 정비, 그리고 사람들의 일자리까지 모두요."

꽤 오래 창문이 나타나지 않고 있었다.

"그 정보가 사실이라면, 매니저님은 무이가 그 프로그램의 대상으로 선정될 거라고 생각하세요?"

"그렇게 만들어야지요."

창문이 보이지 않으니 계속 같은 곳을 맴도는 듯해서 요나는 작은 멀미를 느꼈다.

"풀이 투자를 한들, 성과가 없을 수도 있는 거 아닌가요? 무이에 재난이 일어나지 않는 한, 재난 극복 프로그램의 후보가 될 수는 없잖아요. 그렇다고 재난이 일어나길 기다릴 수도 없고, 재난의 타이밍도 인간이 정하는 건 아니니까요."

"글쎄요. 타이밍 정도야 쉽지요."

매니저의 말을 이제 작가가 받았다.

"봄 내내 무이에 가뭄이 들었어요. 우기 들어서면서 폭우가 내리기 시작했고요. 지반이 약한 지대에서 싱크홀은 이럴 때 잘 생기죠. 폭우는 보통 싱크홀의 신호탄이 되는 경우가 많거든요. 타이밍이 괜찮죠."

요나는 타이밍이 괜찮다는 게 무슨 말일까 생각했다. 작가가 매니저를 앞질러 나가 끝에 보이는 문을 열었다. 마침내 탑의 목 부분이었고, 여기엔 전망대가 있었다. 밀폐되었던 공간으로 갑자기 모래알이 서걱거리는 바람이 쏟아져 들어왔다. 저만치 이곳을 둘러싼 바다가 바람에 푸르게 날리는 모습이 보였고, 그 바다와 이 탑 사이, 붉은모래사막이 골프장처럼 변해 있는 것도 볼 수 있었다. 두 개의 둥근 괴 구멍이 사막 한복판에 있었다. 그 아래로는 바닥을 알 수 없는 허공이 도사렸다. 요나는 눈을 의심했다. 전형적인 싱크홀이었다.

오른쪽에 있는 구멍은 완벽한 원형에 가까운 모양으로, 거의 머리 호수만 한 크기였다. 왼쪽에 있는 것은 그것보다는 약간 작았지만, 좀 더 깊어 보였다. 연속적으로 발생한 싱크홀치고 이렇게 큰 것은 아직 사진상으로도 본 적이 없었다. 그것도 사막 한복판 아닌가. 무너진 땅과 아직 멀쩡한 땅 사이에 경계선처럼 존재하는 땅의 단면들이 꽤 단단해 보이는 것도 놀라웠다. 어쩌면 너무 높은 곳에서 내려다보기 때문인지도 몰랐다. 가까이서 보면 아직도 모래들이 끝없이 추락하고 있을 수도 있었다.

"이게 언제 일어난 일이죠? 어떻게 이런 상황이…… 아니면?"

"아니면?"

아니면, 아니면 뭐가 있을까. 요나는 그곳이 공사 현장처럼 느껴졌다. 저만치 사막 끝에서 포클레인이 고개를 숙이고 있었다. 마치 너무 말라서 뼈대가 노출된 동물처럼, 긴 목을 구부린 채, 포클레인은 멈춰 있었나. 이 사막을 둘러싸고 있는 담은 뭐란 말인가. 그 담이 가리거나 보호해야 했던 대상은 어쩌면 이 미완성의 탑이 아닐 수도 있다는 생각이 들었다. 요나는 너무 완벽해서 오히려 현실이 아닌 듯 보이는 그것을 내려다보았다. 무덤 같은 골 두 개가 수직으로 뚫려, 마치 50년 전 머리 사냥의 현장 같았다. 주변 흙의 붉은 기운이 더 그런 느낌을 만들어 냈다. 모래바람도 저 깊은 구멍 밑바닥까지는 도달하지 못하는 듯했다. 이 탑 위도 마찬가지였다. 수평적으로 부는 바람을 수직적인 길들은 용케 피하고 있었다. 요나는 팔을 쓸어내렸다.

작가의 말은 '시장에 가면'으로 시작하는 게임을 연상시켰다. 시장만 사막으로 바꾸면 됐다. 사막에 가면 과일도 있고, 사막에 가면 과일도 있고 빵도 있고, 사막에 가면 과일도 있고 빵도 있고 천막도 있고, 사막에 가면 과일도 있고 빵도 있고 천막도 있고 손수레도 있고, 사막에 가면 과일도 있고 빵도 있고 천막도 있고 손수레도 있고 아버지도 있고, 사막에 가면 과일도 있고 빵도 있고 천막도 있고 손수레도 있고 아버지도 있고 아들도 있고, 그랬다. 그 게임이 누군가 어떤 단어를 빠뜨리지 않는 한 영원히 끝나지 않는 것처럼 8월의 첫 번째 일요일, 그날 사막에 있었던 것들도 모두 나열할 수는 없다. 그날 사막에 없었던 것을 나열하는 것이 더 쉬울 수도 있다. 그날은 무이의 유일한 초등학교 운동회였고, 곧 마을 축제였고, 이른 아침부터 많은 사람과 많은 먹을 것들, 그리고 많은 탈것들이 붉은모래사막으로 몰려들었다. 오전 9시부터, 이 푹신한 사막 위에서 운동회가 열릴 예정이었다. 점심 때 잠시 태양을 피했다가, 오후 3시부터 다시 축제가 시작되는 일정이었다. 그러나 오전 8시, 축제가 시작되기도 전에 땅이 폭삭 무너졌다. 첫 번째 싱크홀이었다. 그리고 사람들이 미처 그것을 수습하기도 전에 또 한 개가 무너졌다. 두 개의 구멍으로 빨려 들어간 차와 오토바이가 20대, 사상자가 100명이었다.

첫 번째 싱크홀이 생긴 자리는 이틀 전, 사람들이 직경 2미터, 높이 1미터 가량의 웅덩이를 발견한 자리와 같았다. 누군가가 아이스크림 스쿱으로 떠낸 것처럼 사막 한가운데가 움푹 파였는데, 그런 웅덩이는 예전에도 종종 발견되던 것이었다. 사막은 마치 골다공증에 걸린 것처럼 종종 빈 구석을 보여 주었다. 그러나 사람들이 놀란 것은 이번에 생긴 웅덩이의 크기 때문이었다. 그것은 예전에 있던 것들보다 꽤 커서 사고를 유발할 수 있었다. 웅덩이의 위치가 탑 바로 아래, 사막의 중앙이었기 때문에, 대충 안전 펜스를 설치해 둘 수도 없었다. 학교 측에서는 행사 이틀 전, 그 웅덩이를 완벽하게 메우고 장식물을 올려놓아 사람들이 오가지 못하노록 융릅쳐지를 마쳤다. 그런데 그것이 행사 한 시간 전에 무너진 것이다. 애초에 2미터였던 직경은 거의 40미터에 가깝게 벌어졌고, 깊이도 60미터에 가까웠다. 첫 번째 싱크홀이 생기면서, 곧 멀지 않은 곳에 있던 두 번째 싱크홀도 모습을 드러냈다. 그곳은 어떤 전조도 없던 곳으로, 사람들이 가장 많이 모여 있던 자리였다.

"두 번째 싱크홀은 직경이 거의 30미터, 깊이는 최소한 200미터가 넘었습니다. 대부분의 사망자가 거기서 생겨났습니다. 대부분 다요."

아직 무서운 일이 벌어지지 않은, 그러나 악몽일 것이 분명한 꿈을 꾸는 것처럼 몽롱한 상태로 요나는 계단을 내려왔다. 다시 리조트로 돌아오는 차 안에서 요나는 왜 이런 일이 정글의 레이더망에 잡히지 않았는지를 줄곧 생각했다. 이게 대체 언제 일어난 일인지에 대해 다른 두 사람이 좀처럼 대답을 해 주지 않아서 더 혼란스러웠다. 다시 매니저의 사무실로 돌아와서, 작가가 대답 대신 내민 것은 사진 몇 장이었다.

"남미 어느 나라에 있던 다이아몬드 광산입니다. 1871년에 언덕 위에서 다이아몬드가 발견되면서 사람들이 이 언덕 위로 몰려들었죠. 겨우 몇 개월 만에 100미터 깊이의 굴이 생겼

습니다. 물론 그 사람들의 목적은 싱크홀이 아니었지만, 자연
스레 그렇게 된 겁니다. 인공적인 싱크홀이랄까요. 그때 다이
아몬드를 캐러 온 사람들이 거의 3만 명에 달했다는군요. 우
린 겨우 스무 명이서 해 냈습니다만."

"그러니까 황준모 씨가 저 사막에 저렇게 구멍을 냈다는
거예요?"

"직접 포클레인을 몰고 삽을 든 건 물론 스무 명의 인부들
이죠."

작가는 요나에게 사진 몇 장을 더 보여 주었다. 그것은 작
가가 미리 찍어 둔 싱크홀 공사 현장 사진이었다. 정확히 말
하면 중간중간 결과를 가장한 사진들이었다. 마치 베네수엘
라에 있는 사리사리나마 싱크홀처럼 처음에는 여러 개의 구
멍이 마치 땅 밑 동물들의 숨구멍이라도 되는 듯 연속적으로
나 있는 형태였다. 그러다가 어느 순간 그것이 커다란 두 개의
구멍으로 넓혀졌고, 지금 저런 모양새가 되었다.

"그런데 왜요? 왜 저런 구멍을 만든 거죠? 그럼 아까 그 이
야기는 뭐죠? 저기서 사고가 난 것 말이에요."

요나는 두 이야기를 연결할 자신이 없어서 그렇게 물었다.
작가는 지금까지 뭘 들은 거냐며 요나를 타박했다.

"이건 아주 중요한 얘기니까 집중해서 들어요, 요나 씨. 3주
후면 정확히 8월의 첫 번째 일요일이 됩니다. 우린 싱크홀을

준비해 뒀고, 저건 그날 자연스레 발각될 거예요. 그러니까 그 날 아까 당신이 들었던 그 술거리내로 모든 일이 밝히지겠죠."

매니저는 담배를 피워 물었다. 그는 연기를 요나의 반대쪽 으로 뿜고서 말했다.

"어떠십니까. 이 사건이 정글의 새 여행 프로그램으로 적합할까요?"

요나가 궁금한 건 저 싱크홀이 미래형인지 과거형인지였다.

"그 운동회 말이에요. 그게 언제 일어난 일이에요……? 언 제였냐고 묻고 있어요."

"아직은 일어나지 않았습니다. 3주 후에 일어날 일이지요."

바람이 방향을 바꿨고, 매니저의 담배 연기가 요나 앞으로 흘러왔다.

"그러니까, 상식적으로 지금 하시는 말씀은……."

"무이에서는 더 이상 상식으로 기다리는 방식이 안 통합니다. 재해 때문에 죽으나, 가만히 앉아 굶어 죽으나 똑같지 않나요. 지금 상황에서는 차라리 재해 쪽이 낫지요. 정글과 계약해서 리조트를 세운 이래로 무이는 그 역할대로 일상을 재단해서 살아가고 있었습니다. 덕분에 외지로 빠졌던 젊은 인력들이 돌아오기도 했지요. 이제 와서 그 역할이 없어진다는 것은 삶이 없어진다는 뜻입니다."

매니저는 바닥에 던진 담배를 필요 이상으로 짓이기면서

말했다.

"폴을 실망시킬 수는 없습니다."

이 프로젝트는 이미 반년 전부터 시작된 것이었다. 여행객이 줄어들고, 정글에서도 불안한 낌새를 느끼면서부터 이곳 무이는 스스로 이야기를 만들어 온 셈이었다. 요나는 더듬더듬 입을 열었다. 뭐라도 대안을 제시해야 할 것 같아서였다.

"혹시 '빠이' 아세요? 작가님도 모르세요?"

매니저가 고개를 가로저었다. 작가도 알지 못했다.

"태국의 작은 마을이에요. 빠이는 원래 치앙마이에서 매홍손으로 가는 길에 있던 간이역 같은 지역이었는데, 거기에 여행객들이 장기 체류하기 시작하면서 지금은 목적지가 됐죠."

"거기에 뭐가 있는데요?"

"빠이엔 아무것도 없어요. 빠이에 가면 '빠이에는 아무것도 없습니다.'라는 문장이 쓰인 티셔츠를 파는 곳이 많죠. '빠이는 특별할 것이 없습니다.', '빠이에선 아무것도 하지 마세요.' 그런 문장들이 가득해요. 사람들은 그 문장들을 좋아하죠. 거기서 편안함을 느껴요. 저도 하나 사 입었어요. '빠이는 시큰둥한 곳'이란 글귀가 적힌 티셔츠였죠. 그 옷을 입고 저는 빠이에서 시큰둥하고 무료하게 일주일을 보냈어요. 그런데 돌아오고 나니, 그 무료했던 일주일이 너무도 생각나더군요. 그래서 지금도 다시 빠이를 꿈꿔요. 거기 오는 사람들은 대부분 그런 매력에 홀려 있어요. 여기도 빠이 같은 느낌으로 꾸며 보면 어떨까요, 차라리."

"빠이는 빠이고 무이는 무이입니다."

매니저는 그렇게 말하고 자리에서 일어나 창밖을 보았다. 적막했다. 이쯤 되자, 요나는 내내 피해 오던 질문 하나를 결국 하지 않을 수 없었다.

"그 사상자 100명은 어떻게 만들 건데요?"

그건 걱정할 것 없다고, 그들은 말했다.

세상에는 하인리히 법칙을 믿는 사람들도 있다. 하나의 재난이 일어나기 전에는 작고 작은 수백 가지 징조가 미리 보인다는 것. 그러나 그것은 재난의 발생에 주목한 것일 뿐, 재난을 당하는 사람 입장에서는 그런 규칙이 있을 리 없다. 재난은 그저 갑자기 찾아오는 것이다. 어느 날 발밑이 갑자기 폭삭 무너지는 것처럼 우연이라기엔 억울하고 운명이라기엔 서글픈, 그런 일. 그런데 그런 일을 인위적으로 만들 수 있을까.

"시나리오를 쓰기 전에는 사진을 찍었죠. 원본을 카메라로 찍는 건 너무 많은 사람들이 해서 별로 흥미가 없었고, 그래서 전 그 반대를 하기 시작했죠. 사진을 보고, 원본을 복원해 내는 거죠. 한때는 인터넷에서 의뢰가 많이 들어와서 일주일에 하루도 쉬지 못했어요. 디카를 들고 와서 그대로 이미지를 복원해 달라고 한다든지, 인테리어를 재현해 달라고 한다든지, 어떤 경우는 비슷한 사람들을 섭외해서 디카 속 졸업 사진 현장을 복원한 적도 있었어요. 그러다 이젠 재난 재해 쪽에서 일을 하죠. 싱크홀도 처음은 아니에요. 모든 재난 재해가 다 신의 영역은 아닙니다. 그 밑에는 인간의 지분도 있게 마련이죠."

황준모가 이 일을 업으로 삼게 된 것은 어디까지나 수요가 있기 때문이었다. 그는 예전에 작업한 지역이 어디인지는 끝내 말해 주지 않았지만, 그것이 인공적인 재해임을 누구에게도 들키지 않았다고 했다. 그러니까 세상에서 일어나는 일을 다 믿지는 말라고. 3퍼센트쯤은 가짜일 수 있다고.

"불안하지 않나요?"

"예술가에게 불안은 신발 같은 거니까요. 어딜 가든 걸으려면 신발이 필요하죠."

"나중에 싱크홀의 원인에 대해 파고드는 사람들이 많을 텐데요."

"원인은 기초공사죠. 요나 씨, 난 아마추어가 아니에요. 싱크홀은 지하 암석이 용해되거나 지반이 약해서 일어나기도 하고, 지진 등의 내부 충격 때문에도 일어나고, 지하수가 고갈되거나 가뭄으로 땅속이 메마를 때도 일어날 수 있죠. 그 모든 것들을 조합해서 원인을 만들었습니다. 탑 공사 말입니다. 저 탑이 우리의 알리바이가 될 거예요. 탑 공사 때 실제로도 사막에 많은 누리가 샀다더군요. 그래서 그런지 날이에요. 인공적으로 만든 건데도, 저 구멍들은 처음 우리가 만든 것보다 훨씬 더 커졌어요. 직경도 깊이도 훨씬 커져 버렸단 말입니다. 생각보다 일이 너무 쉽게 진행돼서 우리도 당혹스러울 정도였습니다. 원래 싱크홀이란 게 석회암 지대에서 잘 발생한다고도 합니다만, 석회암이고 뭐고를 떠나서 땅 자체가 구멍을 파는 데 그렇게 어려운 지질이 아니었어요. 이거 뭐 그냥 둬도 언젠가 진짜 뻥 뚫리는 거 아니었을까, 하는 생각이 들면서 저만치 솟아 있는 탑이 불안해 보일 지경이었죠. 반은 인간의 노동력이, 그리고 반은 사막 스스로가 만들어 낸 거라고 봅니다."

싱크홀은 왕복 5차선 도로도 5분 안에 먹어 치울 수 있다. 입이 큰 뱀이 집채만 한 개구리를 꿀꺽 삼키듯, 두 개의 구멍은 어느 마을의 소박한 운동회를 집어삼킬 수 있다. 시간은 이제 수챗구멍으로 빨려 들어가는 하수처럼 그 일을 향해 빨려 들어갈 것이다. 이미 그 소용돌이가 시작되었다. 요나는 단지 합류할지 그만둘지 여부를 결정해야 했다.

매니저는 위스키 한 병을 따서 세 개의 잔에 따랐다. 그가 요나의 눈을 쳐다보며 말했다.

"왜 제가 요나 씨에게 이런 제안을 하게 되었는지, 아시겠습니까?"

"글쎄요."

"단지 정글 직원이어서만은 아닙니다. 물론 우리에겐 여행 전문가가 필요한 게 사실이지만, 그게 다는 아니죠. 요나 씨가 이 제안을 거절하지 않을 거라는 확신이 있었기 때문에 말하게 된 겁니다."

요나는 이상한 불쾌감을 감추려고 술을 한 모금 들이켰다.

"제가 말씀드리고 싶은 건, 당신이 한국으로 돌아가기로 마음먹었다면, 그러니까 우리의 계획을 듣고 그걸 외면할 생각이 있었다면, 어떻게든 진작 떠났을 거란 얘깁니다. 그렇지만 당신은 여기 남았고, 전 그런 고요나 씨를 신뢰합니다. 제가 사람 보는 눈은 정확한 편이지요."

"제게 원하는 게 뭐죠?"

"당신은 무이를 다시 살릴 수도 있는 권한을 가지지 않았습니까. 이번 재계약 담당자니까요."

"제가 허락한다고 해서 재계약이 성사되리라 생각하는 건 착각이에요. 정글의 담당자는 그만한 절대 권력을 갖고 있지 않아요. 지금 이 프로그램으로는 어떻게 해도 안 될 거예요. 미안하지만, 사실이 그래요."

"새 프로그램이라면요?"

"새 프로그램요?"

"8월에 저 일이 터지고 나서, 바로 새 프로그램을 가동하는 셈니다. 누이를 배경으로 한 새로운 여행 상품이지요. 5박 6일이든 5박 7일이든 관계없어요. 당신이 그 분야 전문가니까 정글의 입장에서, 한국 여행객들의 입장에서 완벽한 상품을 잘 만드시리라 생각합니다. 여기 머물면서 답사도 하고 프로그램도 짜 보는 게 어떻겠습니까. 당신이 미리 준비한다면 당신에게도, 당신네 회사에게도 좋겠지요. 일이 벌어지고 수습하는 것과 동시에 정글에서는 새 버전 프로그램을 선보이는 겁니다. 이런 일은 시간이 너무 지나기 전에, 타이밍 맞춰 움직이는 게 좋으니까요."

"제가 얻을 수 있는 건요?"

"그 여행 상품에 대해서는 당신이 전적으로 권한을 갖게 될 겁니다. 저희 리조트는 당신을 통해서만 거래할 생각이니까요. 당신의 상사가 깜짝 놀랄 만한 상품이 될 거라고, 자부합니다."

요나는 몸 한가운데 작은 구멍이 뚫린 듯한 기분이 들었다. 매니저가 그 구멍 안으로 요나를 엿보고 있었다. 몇 달간 매진해서 프로그램 하나를 만들어도 결국 무산되거나 빼앗기는 경우가 허다했다. 여행지의 관공서나 호텔 측과 신뢰를 구축해서 나쁠 건 없었다. 게다가 지금 이런 경우라면, 비밀스러운 공범 아닌가.

정글에서, 출근하자마자 요나가 하는 일은 밤새 일어난 재난의 방향과 정도를 가늠하는 것이었다. 신문 기사와 SNS, 국가기관의 정보들을 선별하는 작업이 필요했다. 10년을 그렇게 살았다. 그러나 요 며칠, 요나는 방향을 잃어버린 느낌이었다. 출장을 오기 전에 한참 추적하다가 끈을 놓은 것들은 지금쯤 어떻게 되었을까, 하는 데까지 생각이 미치자 조바심이 났다. 진해 상품에 대해서도 요나는 아직 미련을 버리지 못하고 있었다. 그 도시의 흔적들은 지금도 여기저기로 흩어져 바다 건너에서 발견되고 있을 것이다. 요나는 진해에 흘려 둔 일상이 없었지만, 어쩐지 자신의 일부도 산산조각으로 흩어져 태평양 혹은 대서양으로 흘러든 것만 같았다.

오래전 요나의 전임자가 떠올랐다. 요나는 그의 얼굴을 본 적이 없었지만, 누구보다 많이 아는 느낌이었다. 말들 때문이었다. 사표를 던졌던 전임자는 김의 설득 끝에 사표가 아니라 6개월의 휴가를 받았다고 했는데, 떠날 사람이 떠나고 난 뒤 정글 안에는 소문이 무성했다.

"박 과장 순둥인 줄 알았더니 탁 치고 나가는 거 봐."

"순둥인 줄 알았어? 난 독종인 거 알고 있었다고. 그냥저냥 중간 할 사람은 아니지. 도 아니면 모 스타일이잖아."

사표를 제출했는데도 상사가 그것을 휴가로 돌려준 것을 두고 사람들은 박 과장이 게임에서 이겼다고 생각했다. 그러나 6개월 후 회사에 복귀한 박 과장은 최악의 고과 점수를 받았고, 곧 누구나 기피하는 곳으로 발령을 받았다. 그렇게 되자 박 과장은 결국 정말 사표를 쓰고 말았다. 남은 사람들 사이에서만 박 과장에 대한 말이 돌았다.

"뻔한 이야기였지, 뭐. 6개월 후면 11월이고, 인사고과 시즌 올 거 뻔하니까. 김 팀장이 바다 깔 용도로 박 과장을 붙잡아 뒀던 거지. 게다가 그 지옥으로 보낼 사람도 한 명 필요했으니까. 어차피 사표 낼 생각을 한번 했던 사람이니까, 그런 생각 못 하고 밥벌이하는 동료들 위해 희생시킨 거지. 어쩐지 김 팀장이 그렇게 사표 만류할 때 이상하다 생각했어. 그럴 사람이 아니잖아? 아주 사람을 진액까지 쪽쪽 짜 먹는 인간이야."

요나는 박 과장의 사표가 수리된 직후에 박 과장의 자리를 메우게 되었는데, 오랫동안 비어 있었다고는 해도 전임자의 흔적은 곳곳에 남아 있었다. 기획서 양식 곳곳에 박성동이란 이름이 자동적으로 남아 있어서 그것을 수정해야 했다. 박 과장이 어떤 사람이었는지 묻는 전화가 몇 통 걸려 오기도 했다. 대뜸 "박성동 씨 어떤 사람이었습니까?"라고 걸려 오는 전화 앞에서 요나는 상대방의 숨은 의도와 상대방의 존재를 동시에 파악하느라 애를 먹었다. 다른 회사에 박성동 과장이 이력서를 넣은 것일지도 몰라서, 그를 모르지만 아주 잘 아는 것처럼, 좋은 사람이었던 것처럼, 그러나 작위적이지는 않게 대답해 주곤 했다.

요나는 불쑥 전화를 걸어 "프로그램 3팀의 고요나 씨 부탁합니다."라고 말하고 싶은 충동을 느꼈다. 어떤 대답이 돌아올 것인가. 공석이어야 할 그 자리에 벌써 후임자가 앉아 있는 건 아니겠지.

요나는 자기 앞에 놓인 투명한 위스키 잔을 바라보며 그 이면에 숨겨진 것들에 대해 생각했다. 그리고 이 출장의 의미에 대해서 생각했다. 담당자인 자신이 아직 이곳에 체류 중인데, 자신의 손을 건너뛴 정글의 메시지들에 대해서. 요나는 결국 인정해야만 했다. 어쩌면 자신도 오래전 전임자처럼, 그런 식으로 처리된 모양이라고. 어느 순간 갑자기 발생한다고 생각하지만, 사실 그 이면에는 몇 년간 응축된 힘이 있는 싱크홀처럼, 자신도 그렇게 된 모양이라고.

"진짜 재난이 뭔 줄 아십니까?"

매니저가 요나에게 물었다.

여행을 함께했던 일행들은 매니저를 두고 전형적인 무이 사람처럼 생겼다고들 말하곤 했는데, 전형적인 무이 사람이 어떻게 생겼는지 파악할 기준이 요나에게는 없었다. 매니저는 피부가 까무잡잡했지만 벨에포크의 다른 직원들에 비하면 약간 흰 편이었다. 체구는 훨씬 컸고, 고압적인 표정을 자주 지었다. 지금처럼.

"바로 재난 이후의 상황입니다. 그때 삶과 죽음이 또 한 번 갈리니까요."

그런가 하면, 또 금세 한없이 인자하고 부드러운 표정을 짓기도 했다. 매니저는 고압적인 표정을 드라마틱하게 무너뜨린 후, 낮은 목소리로 이렇게 덧붙였다.

"재난 이후에 올 진짜 재난에서 최대한 무이를 살리는 것, 그게 고요나 씨의 몫입니다."

운명은 한순간이 좌우한다. 어쩌면 매니저의 제안은 요나에게 주어진 기회일 수도 있었다. 요나는 술잔을 만지작거렸다. 물론 덫일 수도 있었다. 그러나 만약 김이라면, 김이 지금 이런 상황이라면, 그는 즐겼을지도 모른다.

매니저와 작가가 술잔을 높이 들었을 때, 요나는 그들의 절반 높이까지 잔을 들었다. 세 개의 잔이 공중에서 부딪쳤다. 위스키 한 모금이 요나의 속을 뜨겁게 데웠다.

5 마네킹의 섬

리조트에는 손님이 없었다. 비수기의 시작이었다. 7월부터 11월까지는 날씨가 좋지 않아서 관광객들의 발길이 뚝 끊어졌다. 재난에는 건기와 우기의 구분이 없지만, 재난 관광에는 강수량이나 온도, 습도 같은 것들이 중요했다. 요나 일행이 이곳에 처음 찾아왔을 때가 이미 비수기의 초입이었다.

아침 하늘은 늘 맑았다. 오후가 깊어지면 장대비가 쏟아지곤 했지만 밤사이 모든 소음과 습기는 깨끗하게 말라 버렸다. 요나는 발코니에 서서 아래로는 바다를, 위로는 하늘을 쳐다보았다. 하늘은 손끝으로 잘 긁어 대면 한 꺼풀이 벗겨져 그 뒤로 똑같은 형태의 하늘이 나올 것처럼 보였다. 떨어 내야 할 시점에서, 무이는 깔끔하게 떨어지지 않고 매달렸다. 목 마른 자가 우물을 판다고 했던가. 무이는 없던 구멍까지 만들어서 범청난 사기를 계획하고 있지 않은가. 무이는 요나의 여러모로 처지가 비슷했지만, 요나보다 훨씬 적극적이었다.

며칠 사이에 많은 일이 있었고, 한 가지는 분명해졌다. 이제 이곳에서 요나도 역할을 맡았다는 것. 그건 영영 안 풀릴 것 같던 문제들이 쉽게 풀리는 걸 의미했다. 다음 날 리조트 직원이 호찌민 공항으로 가서 요나의 가방을 찾아온 것만 봐도 알 수 있었다. 물론 여권과 지갑은 여전히 없었지만, 덩치가 큰, 며칠 사이에 잠시 낯설어진 그 가방을 보자 요나는 마음이 편안해졌다.

요나는 상황을 분명히 하기 위해 계약서를 썼다. 요나가 7월 안에 여행 프로그램의 완성본을 매니저에게 전달하고, 무이와 정글의 모든 거래는 8월부터 고요나를 통해 진행한다는 내용이 골자였다. 요나는 8월의 첫 번째 일요일을 하루 남겨 두고 이곳을 떠나기로 했는데, 무이에서는 일주일 이상 머무르려면 허가를 받아야 했다. 요나도 더 머무르기 위해 체류 허가서가 필요했다. 그 허가란 것은 아마도 폴이 주는 것 같았다.

"폴이 세금을 내 주니까요."

매니저는 그렇게 말했다. 폴은 무이에 투자하면서부터 잡다한 권한을 손에 쥐었다. 매니저는 폴에 요나의 체류 허가서를 신청해 놓았다고 말했다. 일주일 안에 결과가 올 거라고 했다. 요나가 먼저 해야 할 일은 무이 전체를 둘러보는 것이었다. 매니저는 요나에게 발을 붙여 주었다. 요나가 2달러를 건넸던 남자, 럭이었다.

매니저는 차를 내주었지만 요나는 극구 사양했다. 럭의 낡은 오토바이가 더 편할 것 같아서였다. 트럭 사고를 목격했던 날, 실신 직전의 요나를 태우고 리조트로 돌아왔던 것도 바로 그 오토바이였다. 군데군데 비늘이 떨어져 나간 것처럼 색이 벗겨진 오토바이.

"그날은 인사도 못 했어요. 이름이 럭, 맞죠?"

"기억하시네요."

"내 이름은 알아요?"

럭은 고개를 저었다.

"고요나예요. 이건 그때도 보긴 했는데, 철자가 틀렸어요."

럭의 얼굴이 살짝 붉어지는 것 같았다. 요나는 럭의 오토바이 몸체에 ㅊ이라고도 할 수 없고 ㅊ이 아니라고도 할 수 없는 문자가 쓰여 있는 것을 보았다. ㅊ 위로 긴 작대기가 하나 더 그어져 있었기 때문인데, 그것을 바로잡아 주었다.

"경축? 이거 무슨 의미인지 알아요?"

럭은 멋쩍은 듯 대답했다.

"좋은 뜻 아닌가요?"

"그렇긴 하죠."

"럭은 영어를 잘하는데 한국어도 하나 봐요?"

"배우는 중이에요. 아직은 조금밖에 못해요."

럭은 매니저가 미리 정해 준 답사 코스를 알려 주었다. 오늘의 일정은 화산과 온천 일대였다. 요나는 그 메모를 가볍게 구겨 버렸다.

"순서는 내가 정해요."

그들은 먼저 섬의 일주 도로를 따라 달리기 시작했다. 무이는 가로로 긴 타원형의 섬이었고, 일주 도로는 섬을 한 바퀴 에워싸고 있긴 했으나 해안선과 늘 평행을 이루지는 않았다. 어떤 부분에서는 도로가 섬의 경계보다 훨씬 안쪽으로 말려 들어가 있었고, 그래서 일주 도로로는 보지 못하는 곳들도 있었다. 일주 도로를 한 바퀴 달린 다음, 그들은 포장도로를 벗어나 길이 없는 길로 접어들기도 했다.

길이 없는 길을 달릴 때면 요나의 몸이 럭 쪽으로 기울 수밖에 없었다. 요나는 며칠 전 판티엣까지 자신을 태워 주었던 남자가 했던 말을 떠올렸다. 오토바이를 타는 자세로 어떤 관계인지를 알 수 있다고. 그때 요나는 부부도 연인도 친구도 아닌, 짐짝처럼 앉아 있다는 말을 들었다. 어떻게 앉아야 짐이 아닌 사람일 수 있는지는 알 수 없었으나, 확실한 건 지금 요나 못지않게 럭도 긴장하고 있다는 사실이었다. 럭은 비포장도로로 접어들면서 요나에게 꽉 잡으라고 말했지만, 막상 요나가 손을 럭의 어깨에 올리자 조금 긴장한 것 같았다. 포장된 길에서 요나는 주로 럭의 티셔츠 자락을 잡고 있었던 것이다.

등에도 표정이 있다고 요나는 생각했다. 겨우 동작 하나에 어색해하는 자신과, 마찬가지로 어색해하는 다른 사람을 보니 기분이 이상했다. 요나가 편안한 차를 두고 이 낡은 오토바이를 선택한 건 어쩐지 이편이 좀 더 편할 것 같아서였다. 차보다는 족적이 가뿐할 것도 같았고, 또 매니저의 개입으로부터도 자유로울 것 같아서였다. 차를 타고 간다면 어느 순간 매니저가 동승할지도 몰랐다. 그런데 지금 럭의 등이 미묘한 감정을 불러일으켜, 요나는 어쩐지 신경이 쓰였다. 이것은 매니저가 주는 불편함과는 다른, 또 다른 성질의 긴장감이었다.

하룻밤 홈 스테이를 했던, 그 운다족의 수상 가옥은 예상대로 고요했다. 고무 대야를 타고 둥둥 떠다니던 아이들이나 수상 학교로 오가던 꼬리 배는 보이지 않았다. 모든 건 영업일에만 문을 여는 세트와도 같아서 지금은 정지해 있었다.

다만 한 아이가 낯익었다. 아이는 우물가에 있었다. 우물 역시 낯익었는데 누구도 사용하지 않고 있었다. 한참 전에 대학생이 손글씨를 파서 세웠던 푯말이나 교사의 딸아이가 심어 두었던 우물 주변 묘목들은 이미 사라지고 없었다. 우물 위에는 마치 그 우물에 딱 맞는 용도로 제작된 듯한 덮개가

씌어져 있었고, 그 옆으로는 다시 구멍을 막아 버리기로 작정한 듯한 모사 너비가 뿌려 있었다.

아이는 요나를 발견하고는 잠시 '일시 정지' 상태가 되었다. 요나는 아주 짧은 순간 아이의 표정이 천연덕스럽게 변하는 것을 보았다. 아이는 어느새 어미를 잃은 슬픔에 휩싸인 얼굴이 되어 요나에게 "엄마?"라고 말했다. 예전에는 얼른 안아 주고 싶게 만들던 몸짓과 표정이지만, 지금은 그 반대였다. 요나는 뒷걸음질을 쳤다. 럭이 가까이 오자, 아이는 금세 사라졌다.

아이가 사라진 자리에서 늙은 개만 흘끗 요나를 쳐다본 후 다시 고개를 숙였다. 여행 중에는 개마저도 재난의 한 파편처럼 보였는데, 지금 저 개는 그저 평범했다. 아이가 누워 놀던 해먹은 이제 그물이 되어 허공의 바람들만 낚고 있었다. 해먹 아래 누워 있던 개는 잠이 들었다. 그리고 그 위에서 노련하게 흔들리는 푸른 해먹. 얼핏 보면 해먹이 개의 등에 솟아난 푸른 망토 같기도 했다.

"여기 남이란 여자가 있었는데, 혹시 알아요?"

"남은 흔한 이름이라서요. 모두 손님이 있을 때만 이쪽으로 출근해요."

"그 남들은 운다족이 맞긴 한가요?"

럭은 살짝 웃었다.

"그런 건 의미가 없어요."

"왜요?"

럭은 조금 생각하는 듯하더니 이렇게 대답했다.

"더 큰 구분이 있으니까요."

그 구분이 무엇을 의미하는지는 다음 장소에서 알 수 있었다. 럭은 진짜 수상 가옥을 보여 주겠다고 했다. 요나도 '진짜'가 궁금하던 참이어서 그들의 오토바이는 지체없이 달렸다.

붉은모래사막을 지나자 그 뒤편 바다에 무수히 많은 수상 가옥들이 나타났다. 흰모래사막 일대의 수상 가옥 세트와는 비교가 되지 않을 만큼 많은 수였다. 흰모래사막 일대의 수상 가옥이 허가받은 가짜 집이라면 이곳은 무허가의 진짜 집이었다. 무이 사람의 3분의 1이 이곳에 살았다.

"대략 300명 정도인데, 건기에는 없다가 우기가 되면 이곳으로 와요. 저렇게 배에 집을 싣고."

"왜 진짜를 두고 세트장을 지었을까요? 관광객들은 이곳이 있는지도 몰랐는데요."

"여긴 무허가 구역이에요. 무이에서는 이 사람들을 허락하지 않아요."

"이 사람들이 진짜 운다족인가요? 아니면 카누족?"

"그런 건 이제 아무도 신경 쓰지 않아요. 그저 여기 사람들은 세금을 못 낼 정도로 가난할 뿐이죠."

'악어 주의 구역'이라는 푯말이 물 위에서 중심을 잃고 기우뚱, 기울어져 있었다. 한때 이곳에는 길이가 5미터쯤 되는 바다 악어가 출몰하기도 했지만 지금은 모두 사라지고 무이가 수상 가옥의 사람들만 남았다. 그들은 건기에는 저만치 흘러갔다가 우기가 되면 다시 바다로 돌아왔다. 문제는 항상 그들이 다시 해변으로 돌아오는 우기에 생겨났다. 폴은 그들에게 거주 허가를 내주지 않았다. 폴 이전에도 마찬가지였다. 그들은 무이의 권력층과는 항상 사이가 좋지 않았다. 결국 암묵적인 규칙이 생겼다. 무이에 관광객들이 머무는 시간은 월요일 밤부터 토요일 오전까지였다. 그래서 월요일 오후 8시부터 토요일 오전 11시까지, 이곳 사람들은 '관광지' 근처를 지나다닐 수 없었다. 우기는 관광 비수기였고, 관광객이 전혀 없는 날이 대부분임에도 수상 가옥 사람들의 통행은 허락되지 않았다.

"우기엔 악어들이 뭍으로 올라와서 골칩니다. 대부분의 동물들은 배가 부르면 사냥을 하지 않지만, 악어는 예외지요. 악어는 배부름이나 배고픔과는 상관없이 움직이는 건 뭐든지 물고 봅니다. 한번 물면 눈을 찌르지 않는 한, 놓지 않아요."

매니저는 요나가 악어 주의 구역을 돌아보았다고 하자 그렇게 말했다. 웬만하면 그쪽은 가지 않는 것이 좋다고, 위험하다고 덧붙이기도 했다. 그의 책상 위에는 거대한 무이 지도가 펼쳐져 있었다. 무이의 전체 지도를 보는 것은 처음이었는데 지명은 몇 군데만 표기되어 있어서 그다지 친절한 지도는 아니었다. 매니저는 지도 위에 다섯 군데 정도를 붉은 펜으로 표시한 후, 이 구역들을 꼭 여행 프로그램에 넣었으면 한다고 말했다. 그중에는 요나가 구조 조정의 일순위로 생각했던 구역들, 그러니까 화산이나 온천도 들어가 있었다.

"화산은 거의 화산이 아니던데요. 오히려 이 상품의 전체적인 이미지를 조잡하게 만들 뿐이에요. 그게 꼭 들어가야 하는 이유가 있나요?"

"고요나 씨가 전문가시니까 충분히 합당한 의견이겠지만, 이곳 정서도 고려해 주셨으면 합니다."

매니저는 요나의 커피에 프랑스산 각설탕을 두 개 넣어 주면서 말했다.

"이곳에선 화산을 아주 신성시한답니다."

"하지만 고객은 외부인들이고, 외부인의 시선에서 볼 때 이 화산은 화산이 아닌 것처럼 느껴져요."

요나는 심혈을 기울여 무이의 프로그램을 짜고 있었다. 화산은 애초에 들어갈 자리도 없었다. 매니저가 그렇게 화산을 고집한 이유는 그것의 신성성이나 현지인의 정서와는 전혀 관련이 없었다. 나중에야 알게 되었지만, 화산 일대가 대부분 폴이 사들인 땅이라고 했다. 럭이 조심스럽게 말해 준 내용이었다.

"혹시, 붉은모래사막 일대도 폴과 관련이 있나요?"

"U자 모양으로 사막을 둘러싼 땅이 있는데, 한눈에 폴이 사들인 땅인 걸 알아볼 수 있어요. 거기만 비옥해요. 그쪽으로는 아무나 드나들 수 없어요."

요나는 '악어 주의 구역' 푯말이 서 있던 구역을 떠올렸다. 그곳 역시 U자 모양의 일부였다. 그 구역에 사는 수상 가옥 주민들이 폴과 자꾸 마찰을 빚는 것은 그 구역이 기름진 땅이기 때문이기도 했다. 폴의 땅은 살코기 주변마다 비계처럼 붙어 있었다. 8월의 일요일이 지나면, 폴의 기름진 땅 위로 황금 알을 낳는 거위들이 떠다닐 것이다. 결국 요나는 매니저의 요구를 받아들여 프로그램에 화산을 넣고 말았는데, 이럴수록 자신이 무이 전체보다는 몇 사람의 잇속을 채우기 위해 이용되는 것만 같아 찜찜했다. 그러나 그렇지 않은 일자리가 있던가. 이제야 요나는 왜 매니저가 여행 프로그램을 미리 짜두고 싶어 했는지, 왜 자신에게 이런 일을 의뢰했는지 알 것 같아 마음 한 켠이 가볍기도 했다. 게다가 그 몇몇 사람의 잇속을 따져 보면, 그 안에 자기가 얻을 수 있는 이점도 있을 것만 같아서, 요나는 입을 꾹 다물었다.

밖에는 천둥 번개가 요란했지만, 매니저의 사무실에서는 그런 소리도 들리지 않았다. 요나는 화산 분화구 바로 옆에

레스토랑이나 호텔을 지어 두는 게 어떻겠냐고 제안했다. 불안감을 높여 주기 때문에 관광객들이 방문할 만한 가치가 있었다. 매니저는 그곳이 완벽히 죽은 화산이 아니라며 걱정했지만, 곧 분화구 바로 옆에 있는 관광시설이 가져다줄 매력을 긍정적으로 가늠해 보기 시작했다.

작가는 아침 식사 시간을 제외하면 종일 방갈로 안에서 집필 활동에 몰두했다. 요나가 그를 만날 수 있는 시간은 아침 식사 때였는데, 그때마다 작가는 충혈된 눈과 부스스한 앞머리로 나타나 겨우 계란 요리를 주문했다. 요나로서는 유일하게 한국어를 사용할 수 있는 시간이기도 했다. 어떤 면에서 작가는 (그가 단지 한국인이라는 이유만으로) 저기 두고 온 요나의 일상들, 그러니까 정글을 비롯한 모든 과거들을 떠올리게 했다. 일상을 상기한다는 점에서 작가는 유용했다. 그 역시 요나에게 비슷한 감정을 느끼는 것인지 몰라도, 자주 "우리 한국인들은" 혹은 "우리 한국에서는"이라는 말을 사용하곤 했다.

"요나 씨, 어떤 재난이 이슈가 되는 줄 알아요?"

"글쎄요."

"모든 재난이 눈길을 끌 수는 없잖아요. 이슈가 되는 재난들은 따로 있어요. 보통 이 세 가지 요소를 충족시켜야 하죠. 일단, 규모가 어느 정도 이상은 될 것. 지진이라면 적어도 6.0 이상. 화산이라면 폭발 지수가 3등급 이상. 웬만해서는 이제 큰 뉴스도 못 돼요. 어느 정도 규모가 있어야 바쁜 사람들이 시간을 내서 동정하고 주목해 준다 그겁니다. 세상이 너무 자극적이다 보니 어쩔 수 없는 일이죠. 관심이란 건 정직한 거니까요. 둘째로는 새로운 지역이어야 한다는 겁니다. 자꾸 반복되는 지명은 재미없어요. 뻔한 곳이니까요. 아주 강도가 크지 않은 이상, 새로운 지역, 덜 알려진 지명이 언급되면 사람들은 주목하게 되죠. 생각해 보세요. 화면에 폭삭 무너진 거리가 잡혔는데, 그게 늘 보던 문자로 된 간판이나 신호 체계, 또 뭐랄까, 늘 보던 사람들이나 옷차림이라면 좀 식상하지 않겠어요. 연민에도 권태가 올 수 있으니까요. 그런데 색다른 세계가 그렇게 처참한 모습으로 눈앞에 나타나면, 지금까지 자극받지 않았던 새로운 세포가 마구 자극을 받으면서 사람들은 신선한 아픔을 느끼겠죠. 마지막은, 이게 가장 중요한 건데, 바로 스토립니다. 재난이 벌어진 후에 사람들이 신문을 뒤적이는 건, 재난의 끔찍함을 보려는 목적도 있지만 그 만신창이 속에서 피어난 감동 스토리를 찾아내기 위해서이기도 하죠. 그건 우리가 자주 잊고 사는 거거든요."

작가는 스스로의 말에 도취된 듯 보였다. 작가의 몸짓은 그의 문장이 길어지는 만큼 더 커졌다. 허공에서 회전하고 솟구치고 휘말려 올라가기를 반복하던 손은 드디어 접시 위로 내려오다가 그만 포크를 건드려 떨어뜨리고 말았다. 작가는 누군가 그 포크를 주워 줄 것으로 기대했으나 아무도 헌 포크를 치우거나 새 포크를 가져다주지 않자 짜증을 냈다.

"여기가 이렇다니까요, 관리가 안 돼, 관리가."

작가는 옆 테이블에서 포크를 가지고 왔다. 테이블 세팅은 늘 여러 개 되어 있었으나, 실제로 식사를 하는 사람은 항상 요나와 작가뿐이었다.

재난 여행을 준비할 때는 어느 각도로 칼을 들이대도, 누구나 감동하고 슬퍼할 만한 재난의 단면들이 나타나도록 고심해야 한다. 사람들의 동공을 움직이는 것은 결국 강렬한 이미지다. 특히 매스컴으로 재난을 마주하는 경우, 이미지가 재난의 실체를 지배한다. 실제로 비슷한 시기에 비슷한 규모로 터진 몇 건의 재난을 보면, 피해 규모와 성금 혹은 관심이 꼭 비례하지는 않는다는 것을 알 수 있다. 어떤 도시는 뉴스 몇 줄을 장식하고 금세 잊히는가 하면, 또 어떤 도시는 보다 농도 짙은 관심과 많은 성금을 얻었던 것이다. 그건 폐허가 된 도시를 잘 녹여 낸 몇 장의 사진과, 그 사진의 주석 같은 사연들 때문이었다. 사람들은 자신이 보기에 더 슬프고 돕고 싶은 쪽으로 움직인다. 그렇게 되려면 그 사람들의 삶이 얼마나 피폐해졌는지가 드러나야 하고, 가장 좋은 건 피폐한 삶 속에 공감하는 경우였다. 작가는 그 피폐한 삶의 구석을 연출하기 위해 고심하고 있었다. 사람들은 미담 앞에서 관대해지는 편이라 큰 창의성이 필요하지는 않았지만, 문제는 누가 죽을 것인가 하는 거였다. 이미 작가의 수첩 속에는 몇십 가지 사망 사례가 정해져 있었다. 엄마와 아들, 결혼을 앞둔 예비 부부, 평생 금슬이 좋았던 노부부, 신생아만 남기고 몰살된 가족, 아이들을 구하고 죽은 교사, 어린아이만 남겨 두고 죽은 부모, 가족을 위해 뛰어든 늙은 개.

처음에 요나는 사망자를 연출하기 위해 '마네킹'이 사용될 거라고 들었다. 그 마네킹은 진짜가 아니고 가짜였다. 그러니까 이름만 마네킹일 뿐, 실제로는 시체였다. 마네킹에게는 가족이 없지만 보통 죽은 사람에게는 유가족이나 남겨진 사람들이 있기 마련이다. 죽은 가족 혹은 친지의 몸을 화장터에 맡길 때, 어떤 사람들은 이 시체가 바로 화장되지 않고 무이 전체의 의료적 발전을 위해 쓰여도 관계없다는 동의서를 작성했다. 그 대가로 그들은 또 남은 삶을 버텨 나갈 돈을 받았고, 그것이 충분치는 않더라도 그 선택을 나무라는 사람들은 별로 없었다. 그들의 동의하에 받은 시체는 '마네킹'이라고 불리며 냉동고에 보관되었다. 그렇게 냉동고에 보관된 마네킹은 60구쯤이었고, 그중에 가장 오래된 시체가 반년 전부터 부패하기 시작했다. 냉동고 안에서, 아주 느리게. 적어도 8월의 첫 번째 일요일까지는 버틸 만한 속도로.

그 마네킹들이야말로 8월의 운동회에서 가장 중요한 역할을 맡게 될 주인공들이었다. 마네킹들은 8월의 첫 번째 일요일에 싱크홀 속으로 던져질 것이다. 사건을 감쪽같이 봉합하기 위해서라면, 그 지옥 같은 싱크홀 위에 방화가 더해질 수도 있었다. 아무리 생각해도 '의료적 발전'과는 전혀 상관이 없어 보였지만, 요나는 자신이 끼어들 문제가 아니라고 생각했다.

마네킹들에게 이름과 사연을 붙여 주는 작업이 필요했고, 그게 작가의 몫이었다. 그들이 생전에 모르던 이야기들이 부여되었다. 서로 모르는 사이거나, 알아도 그다지 친하지 않거나, 다른 관계로 얽혀 있던 사람들이 동료가 되고 가족이 되고 연인이 되었다. 어쨌거나 그들 모두는 지금 화장터의 냉동고에서 아직 태워지지도 못한 채 침묵하고 있었다. 이는 미담 조작에서 자주 쓰이는 방식이라고 작가가 말했다.

"죽은 사람을 두 번 죽인다는 말들도 있지만, 어떤 의미에서는 부활일 수도 있죠."

"대부분 시신을 그렇게 기증하나요?"

"교통사고인 경우는 대부분 그래요. 대부분의 원인이 교통사고이긴 하지만."

"교통사고요?"

"여긴 차 사고로 보행자가 죽어도 법이 무겁지 않거든요.

오히려 보행자가 목숨만 부지할 정도로 많이 다치는 경우가 가장 골 때리죠. 그 사람의 인생을 책임져야 하니까요. 가장 이었다면, 그 식구들까지. 차라리 사망에 대한 합의금이 좀 더 가벼운 편이라, 사람들은 대부분 그렇게 한다네요."

아코디언 노인을 고의적으로 밀어 버렸던 트럭이 떠올라서 요나는 눈을 감았다. 속이 울렁거렸다.

"그래서 사람을 죽인다는 건가요?"

"대부분 다니는 차가 트럭 종류인데, 그걸로 다시 밀고 가는 거죠. 나도 처음에 듣고는 경악했는데, 뭐, 형태만 다르지 한국에서도 이런 일 종종 일어나지 않나요?"

어디선가 경적 소리가 크게 들린 듯해서 요나는 포크를 놓쳐 버렸다. 떨어진 포크는 재빨리 주웠지만, 새 포크를 가져올 만큼 입맛이 남아 있지도 않아서 요나는 그만 자리에서 일어났다.

사망자만 준비된 건 아니었다. 부상자와 몸이 성한 목격자들도 준비되어 있었다. 그들이야말로 살아 있는 연기를 펼쳐야 했다. 남자1, 2, 3 혹은 여자1, 2, 3으로 시작되는 배역을 맡은 사람들이 대사를 한두 개씩 받았다.

"바닥과 벽에 갑자기 금이 가더라고요. 문하고 창문도 잘 안 닫히고. 뭔가 귀퉁이가 잘 안 맞는 느낌이 난 지는 꽤 됐어요."

"땅에 나이테 모양의 균열이 자꾸 보여서 이상하다, 뭐지, 이상하다, 했어요. 그런데 이렇게 갑자기 땅이 무너질 줄은 생각도 못했습니다."

"무시무시한 굉음이 들려서 나가 보니 모든 게 무너져 내렸어요. 발아래가 뻥 뚫려 있었어요. 언니가 그 안으로 빨려 들어가는 게 보였지만, 어쩔 수 없었어요. 순식간이었어요."

그들은 이 사건이 벌어진 후 필요할 인터뷰용 대사들을 미리 연습하고 있었던 것이다. 그 대사 한두 개의 대가는 보통 무이 노동자의 반년 치 월급에 달했다. 자원자는 많았다. 그러니까 죽은 자들은 이미 죽은 자들이, 살아남은 자들은 살아남은 자들이 준비하고 있었다.

요나는 해변으로 나갔다. 벨에포크는 수평선을 담벼락처럼 두른 곳이었다. 그것 때문에 처음에는 편안한 기분을 느꼈지만, 지금은 그것 때문에 좀 갑갑했다. 이곳은 그저 조금 큰 극장일 뿐이라고 요나는 스스로에게 말했다. 바다 위에서 부표처럼 흔들리는, 침몰도 안정도 오지 않는, 공허한 극장.

요나는 럭과 오토바이 '경축'을 타고 달리는 동안 화장터를 본 적이 있었다. 화장터이긴 했으나 반년 전부터 연기가 나지 않았던 곳. 화장터라기보다는 대형 마트처럼 느껴질 정도로, 유니폼 입은 직원들이 바쁘게 오가고 있었다. 다들 노란색 조끼를 입고 폴의 로고가 찍힌 모자를 쓰고 있었다. 마지 대형 마트에 새 물품들이 들어올 때처럼, 그들은 각자 맡은 구역에서 활기차게 움직였다. 방금 몇 구의 시체가 도착한 듯, 그들은 담요가 덮인 들것을 들고 이 구획 저 구획으로 이동했다. 그것을 계속 보고 있자니 그들이 운반하는 것이 한때 살아 있던 존재라는 사실이 정말 믿기지 않았다. 규격화된 상품 같았다.

목 뒤가 서늘해진다 싶더니 곧 굵은 비가 시작되었다. 럭은 화장터 입구에 놓인 파라솔을 뽑아서 우산처럼 들었다. 요나와 럭 두 사람쯤은 충분히 품어 줄 만큼 크고 굵은 우산이었다. 겨우 우산 하나 썼을 뿐인데, 사방이 조용해졌다.

"럭은 내가 지금 무슨 일을 하는지 알아요?"

"여행 프로그램을 개편하려는 거잖아요."

"내가 놓치는 게 있을 수도 있으니까, 도움이 될 만한 정보가 있으면 말해 줘도 돼요. 재난 여행에 도움이 될 만한 무이의 정보들."

재난 여행이란 단어를 그대로 쓰긴 했지만 요나는 조심스러웠다. 럭도 무이의 주민이 아닌가. 불쾌할 수도 있었다. 그러나 럭의 대답은 의외였다.

"글쎄요, 사실 전 여기에 어떤 재난이 있는지 잘 모르겠어요. 관광객들이 몰려오기 전에는 그냥 아무것도 없었거든요.

아무것도 없을 뿐이지, 그게 재난인 건 아니잖아요."

그 말에 요나는 더 이상 할 말이 없어졌다. 무이는 가난했다. 그러나 그건 어쩌면 외부인들의 시선일지도 몰랐다. 외부인의 관점에서 무이를 재난 지역이라고 분류하는 것은 오만일 수도 있었다. 어느새 빗줄기가 가늘어졌고, 파라솔 위로 새가 푸드득 날아가는 소리처럼 몇 개의 빗방울이 흩날린 후, 비는 그쳤다.

해를 떨구는 하늘이 붉었다. 오늘의 마지막 햇살을 받으며 서 있는 야자수들이 장승처럼 보였다. 혹은 할로윈데이에 눈, 코, 입을 내고 불을 밝힌 호박들처럼. 이제 어디로 가겠느냐고 럭이 물었을 때 요나는 말했다.

"무이에서 당신이 가장 두려워하는 장소가 어디죠?"

럭은 한 곳을 추려 냈다. 섬에는 밤이 빨리 찾아왔다. 모든 것이 하나둘 멈추는 가운데 오늘의 마지막 목적지가 나타났다. 이곳에는 지금도 자라는 중인 동물적인 나무들이 있었다. 성장 억제제를 맞아야 할 정도로 놀라운 힘을 지닌 나무들은 그 이름도 '교살자무화과나무'였다. 단단한 바위도 나무의 꿈틀거리는 야성 앞에서 무너졌다. 무너진 돌들이 마치 잘린 머리들 같았다.

"이런 나무, 본 적 있어요. 앙코르 유적지에서도 본 적이 있고요. 건물도 잡아먹는 나무들."

요나가 나무를 올려다보며 말했다. 럭이 나무를 툭툭 치면서 대답했다.

"이건 좀 달라요. 이건 하나뿐이에요. 이 나무에는 전설이 있거든요. 내가 어릴 때 어머니는 이 나무 앞에 서면 귀신을 볼 수 있다고 말했어요. 그래서 내가 사고를 치거나 하면 이 나무에 거꾸로 매달아 놓겠다고 하셨죠."

"주로 어떤 사고를 쳤는데요?"

"큰 건 아니고, 동생과 치고 박고 싸우는 것. 주로 그거였어요. 그럼 어머니가 이러셨죠. "너희 둘 다 거꾸로 저 나무에 매달아 놓을 거다." 그 말 한마디면 싸움이 종료됐어요."

"지금도 그 말에 겁을 먹는 아이들이 있을까요?"

"지금은 조금 달라졌어요. 이젠 누구도 이 나무 앞에서 귀신을 볼 수 있다고 말하지 않아요. 대신 이 나무 앞에서는 자신의 공포심과 마주할 수 있다고들 해요. 자기가 두려워하는 것이 이 나무 앞에 섰을 때 보인대요. 한밤중에."

요나는 럭과 함께 그 나무 주위를 빙글 돌았다. 두 사람이 있는 힘껏 팔을 벌려도 나무의 굵기를 다 두를 수가 없었다.

"당신은요, 당신은 뭘 봤어요?"

"어릴 때는 어머니를 봤죠. 참 이상하다, 엄마는 귀신이 아닌데 왜 저 나무 앞에만 가면 엄마가 보이지, 했어요. 지금 식으로 보면 충분히 가능한 얘기죠. 그때 내가 가장 무서워하던 존재는 엄마였으니까요. 아버지는 돌아가신 다음부터 보이기 시작했어요. 그때 아버지는 귀신이라고 봐도 괜찮을 상황이었지만, 사실 그래서는 아니고."

"돌아가신 다음에 아버지 생각을 많이 했군요."

"네. 보이지는 않아도 늘 나를 보고 있는 것 같아서 좀 무서웠죠."

"지금도 아버지가 보여요?"

럭은 천천히 나무를 봤다. 한 무리의 새들이 낮게 날아가느라 나뭇잎이 요란하게 흔들렸다. 또 한 무리의 새들이 폭풍처럼 날아간 후, 럭 앞에는 요나가 보였다.

"이제 그만 갈까요? 너무 어두워졌어요."

요나가 말했다. 돌아가는 길, 럭의 걸음이 자꾸 빨라지려고 하자, 요나는 럭의 앞에 서서 걷기 시작했다.

"부탁인데, 나 지금 좀 무섭거든요. 내 뒤에서 걸어 줄래요? 등이 허전하면 더 무섭단 말이에요."

럭이 걸음을 조금 늦췄다. 럭을 등 뒤에 그림자처럼 두고 요나가 물었다.

"몇 살이에요?"

"스물셋이에요."

등 뒤에서 대답이 들려왔다.

"난 몇 살로 보여요?"

"스물셋."

"거짓말."

"몇 살인데요?"

"스물셋……."

요나는 정말 스물셋이 된 느낌이었다. 지난 10년이 증발해 버린 듯한 느낌. 아직 해의 기운이 완벽히 가시지는 않은, 그러나 밤이 지배하는 시간, 저만치 보이는 야자수의 검은 실루엣이 살아 있는 동물 같았다. 유연하게 흔들리는 긴 몸체, 삐죽삐죽한 머리에 윤기 나는 피부를 가진 그 동물을 향해 그들은 걸었다.

요나가 그려 둔 프로그램의 내용은 지난 10년간 본 여행 프로그램 중에서 가장 흥미로웠다. 사막에서의 1박 2일 캠핑이 들어간 부분과 교살자무화과나무 밑에서 천체망원경을 보듯 작은 구멍에 눈을 갖다 대는 프로그램은 경이로울 정도였다. 어떤 면에서는 과거의 재난과 겹쳐져서 더욱 그랬는지도 모른다. 이 여행 프로그램의 약점은 딱 하나, 이게 정글에서 전제로 깔고 가는 재난의 범위 어디에도 들어가지 않는다는 거였다. 이건 자연재해로 알려지겠지만, 사실 자연재해가 아니었으며, 일정 부분 인간의 오류에 의한 것으로도 알려지겠지만, 인간의 오류가 아니었다. 이건 아주 고의적인 조작이었다. 물론 이 약점은 누구에게도 들키지 말아야 했다.

실질적으로 이 계획의 전말을 모두 알고 있는 사람은 단 세 명이었다. 매니저, 작가, 그리고 요나. 그러나 저 구덩이를 파고, 이 일에 대해 직간접적으로 증언할 사람들까지 헤아리면 이미 수백 명에 이른다고 볼 수도 있었다. 그럼에도 불구하고 매니저가 작가와 요나만 입을 다물면 이 사건에 대해 떠들 사람은 없다고 자신하는 이유는 나머지 사람들은 분업화된 시스템 때문에 아주 부분적으로만 이 일과 연루되었기 때문이었다. 그러니까 구덩이를 파는 사람들도 이것이 어떤 일에 사용되는 구덩이인지 정확히 알지 못했고, 화장터에서 시체를 냉동고에 넣는 사람들은 시체를 냉동해야 한다는 사실만을 알 뿐이었다. 트럭을 모는 사람들은 그날의 목적지가 어디며 그곳으로 몇 시까지 가야 한다는 것만을 알았고, 증언자들은 자신의 대사만을 죽어라 외웠다. 모두가 맡은 프로젝트의 목적과 이름이 달랐다.

요나 역시 마찬가지였다. 이건 일이었다. 작가가 이야기하는 시나리오를 들을 때면, 정말 슬픈 책이나 영화를 볼 때와 같은 감정이 따라왔다. 차마 현실적으로 곧 들이닥칠 일이라고는 생각할 수 없을 만큼 상황은 아직 막연하게만 느껴졌다.

오히려 요나에게 현실적으로 다가오는 것은 시나리오가 아니라 자신의 체류 허가서가 아직 도착하지 않는 것이었다. 매니저는 폴의 업무가 몰리면 가끔 이렇게 늦는 경우가 생긴다며 너무 걱정하지 말라고 했지만, 그런 매니저의 말이 요나에게 오히려 걱정을 안겨 주었다.

"체류 허가가 나지 않으면 어떻게 되는데요?"

이미 무이에서 2주 가까이 시간을 보낸 요나로서는 운동회를 일주일 앞둔 상황에서 폴의 체류 허가서가 가지는 의미를 가늠하기가 힘들었다. 그것 없이도 여태 잘 지내 오지 않았는가. 게다가 가장 중요한 것, 그러니까 이 여행 상품의 프로그램이 요나를 거쳐서만 실현될 거라는 계약서도 이미 써 둔 상태였다. 계약금 조로 받은 돈도 있지 않은가. 폴이 실질적으로 요나에 대해 어떤 권한을 행사할 수 있는지 의문스러웠다.

"형식이긴 합니다만, 체류 허가서가 없이 외부인이 일주일 이상 머문 적은 한 번도 없었으니까요. 원칙이죠, 일종의."

"지금 전 불법체류 중이군요."

"형식적인 거니까, 너무 신경 쓰진 마십시오. 곧 허가서가 올 겁니다. 그보다도 프로그램은 어떻게 잘되어 가나요? 어느 정도 완성되면 보여 주실 수 있는지요."

요나는 이제 겨우 답사를 마무리했을 뿐이라고 말했다. 그리고 세부적인 내용을 위해 좀 더 답사가 필요하다고 말했다. 사실 요나는 일정을 괜히 늦추고 있었다. 카드놀이를 할 때처럼 적당한 타이밍을 가늠해 볼 필요가 있었다. 매니저는 친절

했지만, 좀처럼 신뢰가 가지 않는 스타일이었다. 여러모로 김을 연상시켰다. 요나는 최대한 그에게 휘둘리지 않으면서, 최대한 프로그램 개봉을 늦출 생각이었다.

다른 이유도 있었다. 요나는 매일 아침 럭의 오토바이를 타고 무이 곳곳을 누비곤 했는데 여기엔 이미 답사 이상의 의미가 담겨 있었다. 오토바이를 타고 달리다 보면 무이의 또 다른 모습들이 보였다. 사막은 사막이 아니라 완만하고 느린, 거대한 동물로서 누워 있었고, 모래바람도 따갑지 않게 느껴졌다. 그러나 무엇보다도 요나가 알고 싶은 것은 동행자, 럭이었다. 무이 역시 럭을 통해 보면 전혀 다른 풍경이 되었다. 요나와 럭은 서로의 언어를 조금씩 가르쳐 주면서 무이를 산책하곤 했다. 자주 그랬다.

럭은 많은 이야기를 알았다. 그가 들은 것도 있고, 본 것도 있고, 겪은 것도 있었다. 무이에는 텅 빈 골목들이 많았다. 사람들이 떠나거나, 골목이 먼저 사라지거나, 둘 중 하나였다. 럭과 요나는 그 빈 골목들을 천천히 돌아보았다. 초록색 대문 앞에 럭이 멈춰 섰다.

"초리가 살던 집이에요. 지금은 다들 이사를 갔죠. 초리는 아홉 살이었고, 3년 전에 죽었어요. 무이가 가장 인기 있던 시기였죠, 그때는. 관광객들이 물밀듯 들어왔고, 초리도 대부분의 아이들처럼 관광지로 나가서 일했어요. 다부져서 일을 잘했기 때문에, 사람들이 사막 투어를 할 때 짐을 짊어지고 운반하는 설로 논을 벌었어요. 거의 종일 일을 했죠. 몸이 좋지 않을 때도 예외는 없었어요."

그렇게 열심히 일했던 초리는 결국 관광객들의 짐에 깔려 죽어 버렸다. 허무한 죽음이었다. 초리가 마지막 날 짊어진 짐은 무게가 거의 60킬로그램에 달했는데, 그건 초리가 그동안 졌던 짐 전체에 비하면 가벼운 편이었다. 초리를 깔아뭉갠 짐은 압력 밥솥과 불판, 프로판가스 등이었는데, 사막 한복판에서 삼계탕과 삼겹살 등을 해 먹으려던 프로그램의 일부였다. 초리는 기어코 쓰러졌고, 가이드는 매끄럽지 못한 일정에 대해 사과했다. 관광객들이 떠난 후 초리는 결국 죽었다.

이야기는 계속되었다. 두 사람이 걷는 속도보다 더 빨리, 두 사람의 보폭보다 더 크게, 이야기가 따라붙었다. 어떤 집에 살던 어부는 3년 전, 평소처럼 일하는 해안으로 나갔다가 처참한 몰골로 돌아왔다. 그곳은 더 이상 그가 드나들 수 있는 해안이 아니었다. 이제 리조트가 들어서서 관광객들만이 향유할 수 있는 곳이었다. 처참한 표정으로 울기를 잘했던 아이는 3년 전, 갑자기 '발탁'되어서 사막의 수상 가옥 세트장으로 불려갔다. 그 아이는 시종일관 울어 댔다. 관광객들이 그 모습에 카메라를 들이댔다. 한 살 한 살 나이를 더 먹으면서 아이의 눈에서는 점차 눈물이 사라졌다. 자연스레 세트장에서 퇴출되었다.

럭은 이제 허리 40인치의 바지를 입은 남자 페인트공과, 그의 애인에 관해 이야기하기 시작했다. 40인치 페인트공은 배가 나와서 허리 아래쪽 벽은 칠하기가 힘들었고, 그래서 두 사람은 항상 함께 다녔다. 위쪽 벽은 페인트공이, 그리고 페인트공의 허리 아래쪽 벽은 그의 늙은 애인이 칠했다. 두 사람은 늘 함께해야만 벽 하나를 완벽하게 칠할 수 있었다. 죽을 때도 둘은 함께였다. 페인트칠하던 벽이 무너졌기 때문이다. 벽이 무너지는 그 순간, 남자는 여자를 보고 여자는 남자를 보았다. 두 사람의 눈이 감기지 못한 채 심장이 먼저 멎었다. 그들은 그렇게 집과 함께 무너졌다.

그건 럭의 부모 이야기였다. 마을이 무너져도 살아남는 사람들도 있는데, 럭의 부모는 집 안에서 죽었다. 럭에게는 부모의 얼굴보다도 그 이야기 속 장면이 더 익숙했다. 너무 많이 재생되어 낡아 버린 필름처럼. 그래서 덤덤하게 이야기할 수 있었다. 무너진 집은 그대로 있었다. 정말 한쪽 벽이 뻥 뚫린 채로, 지붕도 없이 있어서 마치 연극 무대 같았다. 벽이 갑자기 무너진 것은 탑 공사 때문이었다. 붉은모래사막의 탑이 건설될 때 알 수 없는 이유로 사막 주변의 주택가들이 허물어졌는데, 그때 이 집으로도 검붉은 흙더미가 쳐들어왔다. 요나는 럭을 따라 집 안으로 걸어 들어갔다. 모래바람이 함께 따라왔다.

무이의 한쪽에서는 사막화가 진행 중이었고 다른 한쪽에서는 도시화가 진행 중이었다. 사막의 면적은 점점 커지고 있었고 도시의 면적도 점점 커졌다. 그러나 이 모든 사실들도 정작 사막 한가운데 서 있는 동안은 정지된 무엇일 뿐이었다. 현재 사막의 크기는 사람의 눈에 담을 수 있는 저만큼이고, 움직이는 것은 아무것도 없었다. 군데군데 심어진 선인장도 경고등처럼 멈춰 있었다. 가끔 오가는 바퀴들이 만들어 내는 흙바람, 그리고 어떤 바퀴 없이도 저 스스로 부는 사막의 바람뿐.

오토바이는 저만치 사막 앞에 정지해 있었지만 사막은 정지해 있지 않았다. 럭은 발치에 들어온 모래를 열심히 털어 내고 있었다. 오토바이 바닥에는 작은 구멍이 뚫려 있어 솔질 몇 번만으로 모래를 아래로 배출할 수 있었다. 그러나 바람이 계속 모래를 나르기 때문에, 모래를 털어 낸다기보다는 모래 바람에 솔질을 해 주는 듯한, 그런 느낌이었다.

사막이 무이의 전부는 아니었지만, 무이의 모든 사람들이 마시고 뱉는 숨 속에는 바람이 싣고 온 사막의 모래가 있었다. 새벽녘마다 물고기를 낚아 올리는 바닷가에서도, 섬의 모든 도로에서도, 어쩌면 가정집의 소파나 침대 밑에서도 모래

알들이 발견되었다. 사막은 무이의 중심이었다. 그 중심에서 이제 소용돌이가 시작될 것이다.

8시 11분, 1번 구멍이 열리면서 갑자기 땅이 아래로 꺼진다. 땅이 휘말려 들어가면서 그 위에 있던 장식물과 그날의 선물들이 그 아래로 빨려 들어간다. 그 위에서 행사를 준비하던 리어카와 사람들 몇이 함께 추락한다. 8시 15분, 2번 구멍이 열리면서 그 위에 있던 노점들이 모래알처럼 쏟아진다. 경보음이 울리기 시작한다. 순식간에 많은 사람들이 구멍 안으로 휘말린다. 그리고 이 모든 문장들 사이에 마침표와 쉼표처럼 몇 사람이 찍혀 있다. 그들은 문장과 문장 사이를 연결하며 행동과 행동 사이를 매개하는 중요한 역할을 하는 사람들이다. 몇 사람은 행동의 신호를 알리고 몇 사람은 구멍으로 뛰어들며 몇 사람은 차를 몰고 구멍 안으로 돌진하며 몇 사람은 경보음을 울리고 몇 사람은 이 모든 상황을 사진으로 찍어야 하며 몇 사람은 죽어야 한다.

문장을 읽는 것과 그것이 실제로 일어나는 것 사이에 얼마만큼의 거리가 있는지 아직 요나는 가늠하기 힘들었다. 일요일의 시나리오를 생각하면 현기증이 났다. 그러나 얼마 후에 이곳에서 큰 사건이 일어날 거라는 것도 탑 꼭대기에서 내려다보면 전설처럼 막연하고 멀게만 느껴졌다. 저 아래의 모든 일상이 어느 정도의 거리를 유지한 채 있었다. 적어도 탑의 키만큼은.

그러나 또 나선형의 계단을 빙글빙글 타고 내려와 탑의 빌 아래, 모래로 출렁이는 바닥에 두 발을 꼭 붙이고 서면 모든 게 바로 코앞에서 손에 잡힐 듯 실감이 났다. 모든 게 현실로 다가왔고, 요나는 그 중심에 서 있었다.

이 여행 아닌 여행, 출장 아닌 출장이 다시 시작된 이후로 요나는 제대로 잠을 자지 못했다. 늘 고민하다 잠들었고, 잠에서 깨기도 전에 고민이 먼저 시작됐다. 다음 날 아침 해가 뜨면 요나는 아주 조금 긍정적으로 변했다. 이 사람들한테는 손님이 필요했다. 정글에도 손님이 필요하고, 무엇보다 요나 자신에게도 손님이 필요했다. 이 일이 잘 통과되기만 하면 요나는 단박에 원래 자리를 꿰차는 것은 물론 김과 대등한 위치, 아니면 김이 더 이상 건드리지 못할 위치까지 올라갈 수도 있었다. 적어도 해가 떠 있는 동안은 그런 희망적인 생각이 유지되었다.

그러나 때로는 미처 해가 지기도 전에 이런 유의 얘기가 들렸다. 리조트 해변으로 난입했던 악어가 결국은 트럭에 치여 죽고 말았다는. 요나가 생각한 것처럼 혹은 매니저가 주장하는 것처럼 이 여행 프로그램이 무이 사람들에게 가져다주는 이익은 많지 않았다. 오히려 그 반대에 가까웠다. 관광이니 여행이니 하는 것에 대해 관심도 없던 사람들을 설득해서 리조트 건설에 동원한 것이 지금의 매니저였다. 리조트가 건설되고 관광객이 하나둘 몰려들기 시작할 때는 섬 전체가 들썩거렸다. 그러나 그것도 잠시뿐, 시간이 지나면서 표면 위로 드러난 것은 기대와는 다른 풍경들이었다. 관광지가 되면 전체가 좀 더 풍족해질 거라는 말에 기대한 사람들이 더러 있었지만, 생계는 나아지고 말고 할 것도 없었고, 제약만 더 늘어났다. 무이에서 가장 아름다운 바다는 리조트 손님들의 전용 해변이 되어서, 손님이 아닌 이들은 이유 없이 그 해변을 걸을 수 없었다. 수영도 어업도 정해진 구역에서만 해야 했다. 5000달러를 들여서 한 사람이 무이에 오면, 거기서 이곳 주민들에게 돌아오는 것은 1퍼센트뿐이었다. 네댓 살 아이들이 집에서 만든 팔찌며 피리를 들고 팔러 다닐 대상이 생겼다는 것, 그 정도가 변화의 전부였는데, 이제는 관광객조차 뜸해진 것이다. 이 상황의 해결책이 또 한 번 관광 붐을 일으키는 것뿐인지, 요나는 자주 의문이 들었다.

이제야 요나는 제대로 된 무이의 지도를 그릴 수 있었다. 요나가 5박 6일간 본 무이는 일부에 불과했다. 진짜 무이는 그 5박 6일에 서너 배의 그림자를 더 붙인 것이었다. 카메라 속에는 그 모든 것이 연속적으로 이어져 있었지만, 5박 6일 동안 찍힌 것과 그 이후에 찍힌 것 사이에는 보이지 않는 금이 있었다. 그러나 진짜 재난은 두 세계 어디에도 찍혀 있지 않았다. 무이의 재난은 과거도 미래도 아닌 현재에 있었다. 그 것도 사진 따위로는 찍을 수 없는 형태로 존재했다. 그런 종류의 재난에 대해서 요나는 지금까지 생각해 본 적이 없었다.

카메라 끝자락에 럭의 모습이 찍혀 있었다. 사막에서 찍힌 것이었다. 초점도 제대로 맞지 않은 사진이지만, 요나는 그것을 지우지 않았다. 액정 속에서 럭의 표정이 미세하게 움직이는 것 같아서 한참을 들여다봤다.

아직 요나의 체류 허가서는 도착하지 않았지만 요나가 더 이상 외부인이 아닌 건 분명했다. 그렇지 않고서야 요나의 눈에 그렇게 트럭이 자주 보일 리가 없었다. 특히 폴의 로고가 쓰인 노란 트럭이 자주 출몰했다.

노란 트럭은 때로는 우편물을 전달하는 역할을 하기도 했고, 때로는 짐을 싣고 운반하는 역할도 했고, 때로는 그냥 사고 차량이 되기도 했다. 노란 트럭에 타고 내리는 사람들은 화장터의 사람들처럼 노란 조끼와 모자를 쓰고 있었다. 요나는 노란 트럭에서 내린 사람들이 주고받는 대화를 들은 적도 있는데, 그 내용이 너무도 일상적이어서 오히려 잊을 수가 없었다.

"야근 좀 없었으면 좋겠다 싶다가도 일이 없으면 또 불안해."

"비에 젖은 낙엽처럼 땅에 착 붙어 있어야지. 바람이 불어도 날아가지 않게."

"비에 젖은 낙엽? 그거 좋군. 낙엽이라니, 이 동네에서 본 적은 없지만 말이야."

남자 두 명이 운전석과 조수석에 올라탄 뒤, 노란 트럭은 다시 전속력으로 달려 나갔다. 그 밤에 리조트 부근 순환도로에서 교통사고 소식이 두 건이나 전해져 왔다. 사람들은 또 교통사고야, 라고 말하곤 했지만 모든 교통사고가 우연은 아니었다. 조금만 주의 깊게 관찰해 보면 그렇다는 걸 알 수 있었기 때문에 요나는 깊이 관여하지 않으려고 했다.

김에게서 연락이 온 것은 공교롭게도 무이의 새 여행 프로그램이 거의 완성될 무렵이었다. 김은 이제야 가이드 루에게서 연락을 받았다고 했다. 분명 요나는 귀국길에 낙오되었다는 말을 했던 것 같은데 김은 마치 방금에야 그런 말을 들었다는 듯 새삼스레 괜찮으냐고 물어 왔다.

"거긴 어차피 재계약은 하지 못할 거야. 조속히 마무리 짓고 이제 그만 오지. 거기서 대체 뭘 하고 있는 거야."

김의 목소리는 조금 피곤해 보였다.

"제 자리는 그대로 있는 거죠?"

요나는 가벼운 농담처럼 던진 말이었는데, 김은 역정을 냈다.

"몇 번을 말해야 알겠나. 요즘 회사가 어지럽다니까. 파울 때문이야. 그러니 어서 들어오라고. 쉬는 동안 정말 쉬기만 한 건 아니겠지. 새로운 아이디어가 있어야 할 거야."

붉은모래사막 일대의 수백들과, 두녀신 플목들과, 무표정한 무이 사람들의 표정이 요나의 발목을 잡고 있었다면, 김은 요나를 뒤쫓고 있었다. 김의 전화는 요나에게 위협적이었고, 요나가 이곳에 머무르기로 결심했던 처음의 이유를 다시 상기시켜 주었다. 그 통화 후, 요나는 전에 없던 속도로 일을 마무리했다. 요나는 이번 일은 누구에게도 빼앗기지 않겠노라 다짐했다. 드디어 프로그램의 상품명이 정해졌다.

"일요일의 무이."

5박 7일짜리 상품이었다.

바다 저 끝에서 무언가 검은 물체가 넘실대다 가라앉았다.

6 표류

수영하기에 바다는 낯설었다. 요나는 늘 소독된 수영장 안에서만 혜엄을 칠 줄 알았던 것이다. 그러나 지금 요나는 티셔츠를 홀러덩 벗어 버리고 밤바다 속으로 들어갔다. 저만치 앞에 럭이 있었다. 럭은 요나의 머리카락이 굵게, 몇 가닥으로 젖어 버리는 것을 가만히 바라보았다. 갈기 같기도 했다. 달빛이 요나의 머리카락을, 갈기를 부드럽게 빗질하고 있었다. 어느 순간 요나가 유유히 혜엄치는 동물처럼 럭에게로 다가갔다. 줄곧 요나만 보고 있던 것이 어색해서 럭은 눈을 감아 버렸다.

"눈꺼풀이 내려져 있네."

밤이 정점에 이른 순간, 요나가 말했다.

"눈꺼풀이 내려져 있어."

밤이 성섬에 이른 순간, 요나가 럭의 눈누덩을 만지며 말했다.

"들어오지 말라는 뜻?"

요나의 젖은 손가락이 럭의 눈두덩을 지나 두 볼과 입술을 쓸어내렸다.

"정말 그런 뜻이에요?"

럭은 말이 없었다.

"왜 눈을 감고 있죠?"

"눈을 뜨면, 당신이 너무 커다랗게 보일 것 같아서."

럭이 겨우 눈꺼풀을 들어 올리려는 순간, 요나의 입술이 럭의 감은 눈 위로 내려앉았다. 아주 잠깐, 그리고 다시 살짝 떨어졌다. 이번에는 럭의 입술이 요나의 목에 닿았다 살짝 떨어졌다. 그들은 한참 그렇게 눈을 뜨지도 감지도 못하고 입술과 입술을 오래 마주치게도 못 하면서 함께 있었다. 요나는 럭의 젖은 몸을 좀 더 강하게 끌어안고 싶었다. 럭의 거친 입술과 소극적인 혀를 빨고 싶었다. 두 사람의 숨소리가 거칠고 가쁘게 오고 갔지만, 파도가 모든 것을 감췄다. 그들은 멈춰 있었고, 흔들리는 건 파도뿐이었다.

요나가 방갈로로 들어간 후에야, 요나의 방에 불이 꺼지는 것을 보고 난 후에야, 럭은 그 자리를 떠날 수 있었다. 요나는 불 꺼진 방에서 생각했다. 자신의 몸과 밀착한 순간, 자신의 체중이 거의 럭에게 전가된 순간, 럭의 숨이 가빠 온 것에 대해서. 럭은 어쩌면 지금도 이 방이 보이는 어딘가에 가만히 앉아 있을지도 몰랐다. 요나는 방갈로의 불을 다시 켰다. 리모컨 버튼을 누르고 눈꺼풀 표시등을 켰다. 잠시 후 누군가 문을 두드리는 소리가 들렸다. 럭이었다. 바다를 향해 한 면을 내준 리조트는 그 안에서 벌어지는 모든 대화를 파도 소리로 달랬다. 자장가 리듬처럼 파도가 오고 갔다.

아침까지 요나의 방갈로 커튼은 걷히지 않았다. 방갈로의 눈꺼풀은 내려진 상태로, 영원히 그 상태로 유지되어도 좋다는 듯 깊이 잠들었다. 점심이 되어서야 요나는 건강한 허기를 느꼈다.

"요나 씨 예상 밖입니다요."

점심 때 리조트에서 마주친 작가가 빈정거렸다.

"그 녀석은 해고입니다."

요나는 작가의 말을 귓등으로 흘리면서 로비를 향해 걸어 갔다.

"한국 여자를 농락했으니까 그냥 둘 수는 없죠."

"무슨 말씀을 하고 싶으신 건데요."

"다 봤어요. 봤다고요. 우연히 봤는데, 쳐들어가려다가, 아무래도 쌍방 과실인 것 같아 그냥 지나쳤을 뿐입니다. 그래도 이쯤에서 멈춰요."

"농락 아니에요."

"그럼, 논이라노 오갔습니까? 그 녀석이 알바라도 한 거예요?"

"연인 사이라면서 함께 있는 게 문제가 되나요?"

"연인?"

"서울에서 온 여자와 무이의 남자. 이야기만 하란 법은 없지 않나요. 무이의 밤은 무료한데, 연인이라면 함께 밤을 보낼 수도 있잖아요. 그편이 좀 더 자연스럽지 않나요, 시나리오상?"

작가는 조금 놀란 듯했다. 그는 서류로 부채질을 하면서 말했다.

"대본이 유출된 거군요. 이놈의 섬은 보안이란 게 영."

"황준모 씨, 절 속일 필요까진 없었잖아요. 제가 그 시나리오에 활용될 줄은 몰랐는데요."

"굳이 알려 드릴 필요도 없었죠. 난 연애담을 집어넣고 싶었는데, 위에서 이것저것 자꾸 캐릭터 간섭을 해 대니까, 아직 정해진 배역 없이 남은 인물이 몇 안 됐어요. 그렇지만 당신에게 해가 되는 거였으면, 제가 그렇게 했겠습니까? 이 시나리오가 나중에 공개되더라도 당신은 거의 주인공급이에요. 히로인이 될 거라고요."

이제 프로그램을 넘겨야 하는 시점에서, 그건 가장 확실한 인증 방식이었다. 요나는 작가의 시나리오 속에서도 여행 프로그래머로 존재했는데, 그건 요나가 바로 이곳에 존재했고, 이곳에서 여행 프로그램을 만들고 있었다는 사실을 견고하게 입증해 주는 것이었다. 그 누구도 요나에게서 이 프로그램을 빼앗아 가지 못할 게 분명했다. 그런 면을 생각해 보면, 요나로서도 나쁠 건 없었다.

"황준모 씨 대본대로 충실하게 흘러가고 있으니, 나쁠 거 없잖아요, 안 그래요?"

"간혹 그런 경우가 있죠. 연기하다가 현실과 극이 구분 안 되는, 그런 경우요. 당신이 지금 그런 경우예요. 그런데 왜 하필 그 녀석입니까? 당신과 어울리지 않아요."

매니저가 두 사람을 불렀기 때문에, 그들은 사무실로 갔다. 매니저는 초조한 기색을 겨우 숨기고 있었다. 지난밤, 무이에서 멀지 않은 곳에서 진도 8.0의 지진이 있었다. 그 지진은 무이까지는 영향을 미치지 못했는데, 매니저의 기분은 그렇지도 않았다. 하반기에 있을 그 재난 극복 프로그램 때문이었다. 그는 폐허가 된 그 섬이 유력 후보가 될까 봐 전전긍긍하고 있었다.

"거긴 3년 전에도 재난 극복 프로그램의 혜택을 받았습니다. 이번에도 그곳이 선택된다면 모든 일이 수포로 돌아갈 겁니다."

이웃의 재난이 무이에게 경쟁심을 불러일으키고 있었다. 그 시신으로 인한 이웃 섬의 피해가 사망자만 200명이 넘어섰다는 소식을 듣고 매니저는 자리에 앉지도 못했다. 그는 지도를 몇 번이나 펼쳤다가 접고, 작가와 요나에게 상황이 잘 흘러가고 있는지에 대해서도 몇 번이나 확인했다. 8월의 첫번째 일요일, 그 프로젝트만이 이 초조한 매니저를 구원할 수 있었다. 그들은 다시금 그 프로젝트를 점검하기 시작했는데, 그들의 계획은 사무실에서 흘러나오던 뉴스와 애매하게 겹치다가 결국 뉴스에 지고 말았다. 이웃이 당한 진짜 재난에 비하면 그들의 계획은 얼토당토않은 연극 같았다.

매니저는 뉴스 화면을 끄고, 위스키 한 병을 땄다. 밖에서는 폭우가 또 한바탕 쏟아졌다. 안에서는 천장에 달린, 길게 늘어진 샹들리에가 요람처럼 규칙적으로 흔들리고 있었다. 불빛은 살짝 그을린 듯한 노란색이었고, 그 불빛은 술과 함께 사람을 취하게 만들었다. 그 아래 요나가 앉고, 그 맞은편에 매니저와 작가가 앉아 있었다. 매니저는 초조해 보였고, 신나게 떠들어 대던 작가는 술이 오르면서 오히려 조용해졌고, 요나는 이상하게 마음이 편안했다. 이웃한 섬에서 벌어진 지진이야말로 명확한 실체 같았기 때문이다. 그에 비하면 지금 이곳 무이는 종잡을 수 없는 그림자였다. 그 그림자 속에서 요나가 언뜻 이런 말을 한 것도 같았다. 일을 너무 키우지는 말자고.

"술은 그만 드시지요."

매니저가 요나의 잔을 치우고 말했다.

"고요나 씨, 이걸 생각하셔야 됩니다. 싱크홀 때문에 죽는 사람도 있지만, 싱크홀 때문에 사는 사람도 있다는 걸 말입니다. 그리고 사는 사람이 죽는 사람들보다 훨씬 많죠."

그러니까 이건 구명보트 같은 거라고, 그는 말했다. 모두 공평하기 위해서 침몰하는 배 위에 머무를 수는 없는 일 아닌가, 살 사람은 살아야 하지 않겠는가. 그래서 흔한 음모론의 줄거리처럼, 그들은 다수를 위해 소수를 포기하기로 했다. 감자의 싹을 도려내듯, 살 속의 탄환을 빼내듯, 남아 있는 것들을 위해 포기해야 할 것들. 그렇지만 누가 소수가 되려고 하겠는가.

사람들은 과거형이 된 재난 앞에서 한없이 반듯해지고 용감해진다. 그러나 현재형 재난 앞에서는 조금 다르다. 이것이 재난임을 인식하지 못하거나, 인식해도 방관하거나, 인식하면서도 조장한다. 지금 벌어지고 있는 싱크홀은 저편 사막이 아니라, 보이지 않는 곳에 있었다.

목격자가 되었던 트럭 사고 장면이 요나의 꿈속에서 되풀이되었다. 운전자의 얼굴도 사망자의 얼굴도 보고 싶지 않았지만, 꿈속에서는 강한 압력에 의해 요나가 고개를 들어 그들을 똑바로 바라볼 수밖에 없는 위치에 있었다. 범인 혹은 시체를. 그 얼굴을 보기 직전, 그 순간에 꿈은 항상 멈췄다.

"괜찮아요?"

럭이 요나를 들여다보고 있었다. 럭의 눈 뒤로 무이의 밤하늘이 보였다. 일사천리로 진행되는 프로그램과는 별개로 요나에게는 늘 죄책감이 따라다녔다. 단지 럭이 보여 주는 무이와 자신이 지금 칼질하고 있는 무이가 동일한 곳이란 사실을 자주 잊었을 뿐이다. 럭과 동행하는 동안 요나는 무이의 모든 것에 대해 조심하게 되었다. 이런 혼란으로부터 해방되는 길은 럭을 만나는 것뿐이었다. 럭은 요나를 맹그로브 숲으로 데려갔다.

"치유의 숲이에요."

"이 안이 이렇게 넓은 줄은 몰랐어요."

"입구만 좁을 뿐, 들어오면 다른 세계가 있어요."

그들은 보트 한 척에 몸을 싣고 숲 속 깊숙이 들어갔다. 그곳은 유일하게 폴의 트럭이 들어가지 못하는 장소였다. 빽빽하게 나무들이 자리하고, 늪과 같아서 자동차가 들어갈 수 없었다. 그곳을 드나들 수 있는 것은 아주 좁은 보트 하나뿐이었다. 거기서 그들은 이야기를 나누며 오후 한때를 보냈다. 움직이면 시간에게 먹히기라도 하는 양, 조금의 미동도 없이 서로를 안고 있었다.

그날 저녁, 요나가 방갈로로 들어와 막 샤워를 마쳤을 때, 누군가 요나의 방문을 두드렸다.

"저예요."

누구? 요나는 문을 열었다. 모자를 푹 눌러쓴 여자는 요나를 몰래 찾아온 눈치였다. 모르는 사람이었지만 익숙한 얼굴이기도 했다. 요나는 일단 그 여자를 방 안으로 들였다. 여자에게서 낯선 냄새가 났다. 여자가 요나에게 내민 종이 뭉치는 작가의 시나리오였다. 이 여자도 어떤 것을 알고 있는 것인가. 요나는 여자의 얼굴을 자세히 보려고 했지만, 모자 아래로 입술만 조금 보일 뿐이었다. 어쩐지 마음에 들지 않는 여자였다. 요나는 종이 뭉치를 다시 여자 쪽으로 밀었다.

"미안하지만 시나리오라면 작가님 영역이에요. 제 업무가 아니고요."

여자는 요나의 표정을 읽으려고 했다. 다행히 방은 조금 어두웠고, 흐린 간접 조명은 요나의 표정을 적당히 감춰 주었다. 침묵이 흘렀다. 여자가 요나를 뚫어져라 쳐다보았다. 눈빛이 불안해 보이기도 했고 절실해 보이기도 했다.

"급한 게 아니면 내일 아침에 이야기할까요? 피곤해서요."

요나가 몸을 돌리는 순간 여자의 손이 요나의 팔꿈치를 잡았다. 교살자무화과나무의 뿌리처럼 억세고 굵은 몸짓이었다.

여자가 다급하게 말했다.

"시나리오 전체를 읽은 석은 없죠? 이걸 한번 보세요."

요나가 여자를 다시 돌아보았다. 여자의 눈이 얼핏 보였다. 속쌍꺼풀, 그리고 갈색 눈동자. 눈이 젖어 있었다. 여자는 말했다.

"내가 여기 온 걸 누구도 알아선 안 돼요. 그렇지만 오지 않을 수 없었어요."

"하고 싶은 말이 뭐죠?"

"이 대본을 읽어 보면 당신도 알겠지만, 이건 보통 일이 아니에요. 벌어지기 전에 막아야 해요. 학살, 이라고 생각하지 않나요?"

"매니저님과 얘기하세요."

"당신이 알아야 해요."

"글쎄요. 전 당신이 누군지도 모르고, 왜 당신의 말을 들어야 하는지도⋯⋯."

"학살이에요. 당신이 학살을 계획하고 있어요."

요나는 그 순간 손에 집히는 것을 여자에게 집어던졌다. 침대맡의 쿠션이었는데, 요나에게도 돌덩이처럼 느껴졌다. 쿠션은 여자에게 가지도 못하고 땅으로 떨어졌다. 요나 자신도 치밀어 오르는 분노를 제어할 수가 없었다. 그냥 저 여자가 싫었다. 요나는 소리쳤다.

"내가 알기로는, 자원한 사람들이 있어요. 대가를 받고, 그 연극을 하기로 자원한 사람들. 이건 그 자원한 사람들과 그들을 고용한 사람들 사이의 일이에요. 우리가 할 수 있는 건, 아무것도 없어요."

"우리요?"

"나. 나는 할 수 있는 게 없어요."

요나는 여자를 바라보았고, 여자는 요나를 비웃었다. 경멸하는 듯한 표정이었다. 여자가 말했다.

"대본을 읽어 보면 당신도 알겠죠. 어떤 역할도 신청하지 않았는데, 자기도 모르게 역할을 맡은 사람들이 있어요. 원하지 않고도 이 망할 연극에 동원된 사람들. 그러니까 여기, 악어70부터 악어450까지는 모두 개죽음을 당하게 생겼어요. 이 악어들은 대사도 없어요. 연습할 것도 없이 그냥 죽기만 하면 되는 거예요. 이 악어들 대부분이 살아 있음에도 불구하고, 죽어야 하는, 그런 역할들이라고요. 이게 무슨 의미인지 당신은 정말 모르나요?"

"악어라잖아요. 악어한테 무슨 대사가 있겠어요."

"악어들이 누군지 모르겠어요? 이 악어들이 뭘 의미하는지, 아직도 읽어 내지 못했어요?"

요나는 고개를 돌렸다. 물론 요나는 여자의 말대로, 그 악어들이 누구를 의미하는지 알고 있었다. 붉은모래사막 아래,

폴의 심기를 불편하게 하는 악어 주의 구역의 사람들. 이제 그곳엔 악어가 없었지만, 그곳을 오가는 사람들은 악어들로 불렸다. 매니저는 누차 악어 주의 구역은 정리가 필요하다고 말했다. 우기 때마다 악어들이 뭍으로 올라와 문제를 만들었고, 새끼 악어들은 갈수록 수가 많아졌다.

"무이는 악어들까지 포용할 만큼 넓지 않습니다, 아시다시피. 악어들은 위험하기도 하지요."

그러나 이 모든 말들은 요나의 모국어가 아니었다. 요나에겐 낯선 타지의 언어일 뿐이었다. 그래서 요나는 침묵했고, 누군가 그 침묵을 깨뜨리는 것도 견디기 힘들었다.

"왜 내게 이런 말을 하는 거죠?"

"당신은 알 거예요. 매니저의 계획이 뭔지, 그 대학살이 구체적으로 어떻게 진행되는지. 그걸 막아야 해요."

"그건 나도 몰라요."

"이런 대사가 있어요. "300명 정도 된다고 들었어요. 우기에 왔다가 건기에 가는 사람들요. 그 사람들에게도 무이가 고향이었을 텐데, 비통하고 참담해요. 전 그들을 멀리서 몇 번본 적이 있었거든요. 믿기지 않아요. 거기 사는 소녀가 참 사랑스러웠는데.""

"뭐 하는 거예요?"

"이게 대사라고요. 죽은 다음에야 그 악어들은 사람 대접을 받게 되는 거죠. 무이의 처참한 비극을 위해, 그들이 희생 양이 되는 거라고요. 이 대사, 몰라요?"

"몰라요. 그게 누구 대사죠, 내가 당신을 어떻게 믿어요?"

"그건 내 대사예요. 이제 믿겠어요?"

악어들은 대사가 없었다. 요나로서도 아는 것은 거기까지 였다. 악어들이 어떤 방식으로 학살당하게 되는지, 그것까지 는 요나도 알지 못했다. 사실 그것을 알게 될까 봐 두려웠다.

"미안하지만, 내가 할 수 있는 일의 범위가 아니에요."

요나의 말에 여자는 고개를 가로저었다.

"당신은 할 수 있어요."

"그만 가 주세요."

"전 용기를 내서 왔어요, 고요나 씨."

여자는 요나의 등 뒤에서 말했다.

"내가 괴로운 건 이 일의 전개에 내가 관여했기 때문이에 요. 처음엔 물론 이만큼이나 커질 줄 몰랐어요. 지금 내 앞에 있는 구멍은 계획한 것보다 더 크게, 걷잡을 수 없이 커지고 있어요. 난 후회해요. 그러나 당신은 후회하지 않기를 바라요, 진심으로."

요나는 여자를 떠밀었다. 여자를 밀수록 요나도 밀려났다. 겨우 문을 열고 여자를 쫓아낸 후, 열린 문으로 들어오는 리 조트의 불빛 때문에 요나는 어지러웠다. 남은 요나는 생각했다. 계획한 것보다 더 크게, 걷잡을 수 없이 커지는 구멍을.

　밤을 지새운 요나가 다음 날 아침 눈을 떴을 때, 천장의 실
링 팬은 몇 뼘쯤 더 아래로 내려와 있었다. 요나는 어서 아침
을 먹으러 가서 계란을 어떻게 요리할지에 대해 고민하고 싶
었다. 요즘 작가는 거의 아침을 먹지 않았다. 요나는 혼자 아
침을 먹고 텅 빈 정원을 가로질러, 다시 방갈로로 돌아왔다.
지난밤의 일이 모두 꿈이었다고 생각할 무렵, 탁자 위의 대본
이 눈에 들어왔다. 요나는 그것을 집어 들었다가 휴지통에 던
져 버렸다. 요나는 한 번도 이 일의 전체 설계도를 본 적이 없
었다. 처음에는 물론 결말까지 알고 있었지만, 이제 시나리오
는 요나가 아는 범위를 넘어선 지 오래였다. 모르는 게 많아
질수록 그것에 대해 생각하고 싶지 않았다.
　이 계획에서 직접 누군가를 칼로 베거나 구덩이에 밀어 넣
는 역할을 맡은 사람은 아무도 없었다. 단지 희생되는 사람들
은 정보에서 소외되었을 뿐이다. 그러나 결과적으로 이 일은
많은 사람들을 구덩이에 매몰할 것이었다. 그 일에 대해 사람
들은 침묵했다. 어찌 보면 이것은 누군가가 말한 대로 학살의
한 형태였으나, 학살의 책임자는 없었다. 모든 것이 분업화되
어서, 사람들은 자신에게 주어진 일에만 열중했다. 요나 역시
마찬가지였다. 처음에 수정된 계획을 듣고 요나는 놀랐지만

며칠이 지나자 충격이 서서히 가시기 시작했다. 요나는 가끔이 일의 전체적인 줄거리에 대해 생각하곤 했지만, 그 생각 끝에는 항상 내가 할 수 있는 일은 결국 사건 이후 여행 프로그램을 짜는 것뿐이라는 자위 혹은 변명이 따라붙었다. 누군가 직접적으로 사람들을 밀어서 구멍에 던져 넣으라고 요구했다면 요나는 단숨에 이 일을 거절하고 나갔을 것이다. 그러나 직접적이지 않다는 이유 하나로 요나는 가만히 있었고, 상황에 익숙해질수록 이 일이 미칠 영향력에 대해 둔감해졌다.

다만 자주 꿈을 꾸었다. 꿈은 새로운 한 세계로 요나를 데려가 주었다. 완공 직전의 세계, 완공된 직후 무너질 세계에 대한 꿈이었다. 허리 40인치의 남자와 그의 애인이 손 닿는 곳을 나눠 페인트칠을 하고, 해먹 아래 늙은 개는 꾸벅꾸벅 졸고 있는, 어린아이가 울음을 연습하고, 낡은 오토바이가 길 아닌 길을 달리는, 그런 세계.

요나는 그게 꿈이 아니란 걸 알았다. 무이 한 컷에는 그 세계가 하나의 거대한 세트장으로 만들어져 있었다. 세트라고 생각되지 않을 만큼 완벽한 재현. 요나는 그 안으로 걸어 들어갔다. 저만치 페인트공과 그의 늙은 애인이 있었다. 뒷모습뿐이었고, 그들 뒤에 카메라가 몇 대 있었지만, 그 모습은 요나가 럭을 통해 엿본 이후 머릿속에서 재생했던 것과 무척 닮아 있었다. 그건 럭의 세계였다. 이제 요나의 세계이기도 했다.

그 세계는 이제 곧 무너질 것이다. 도미노처럼 와르르. 처음엔 요나와 상관없을 것처럼 여겨지던 그 하나의 블록이, 순식간에 코앞으로 다가올 것이다.

휴지통의 대본은 아직 그대로 있었다. 어딘가로 사라져 주길 바랐으나, 누구도 건드리지 않은 채로, 그대로 있었다. 요나는 결국 그것을 집어 들었다. 그리고 미처 예상하지 못한 이야기를 읽었다. 요나가 한국으로 돌아간 사이에 1번 구멍에서 시신으로 발견된 럭의 결말을. 연인을 잃고 하늘을 향해 찢어질 듯한 비명을 지르는 요나의 결말을.

"내 시나리오 속의 연인은 시한부예요. 예상 못 했어요? 비극이 아니면 사랑 얘기가 왜 들어가겠습니까."

작가가 답답하다는 듯이 말했다. 그는 한 번도 행복한 결말을 써 본 적이 없다고 했다. 그건 그의 글을 원하는 사람 중 누구도 기대하는 바가 아니었다. 요나는 작가를 다급하게 붙잡았다.

"당신 시나리오인데, 당신이 좋을 대로 쓰면 되잖아요. 럭을 죽이고 싶어요? 그건 아니잖아요!"

"난 개미 한 마리도 못 죽이는 사람이에요. 누군들 애먼 사람을 죽이고 싶겠습니까? 그렇지만 난 고용된 작가예요. 이건 분업화된 시스템이라 내 관할은 여기까지라고요."

먹이사슬처럼 작가 뒤에는 매니저가, 그리고 매니저 뒤에는 폴이 도사리고 있을 터였다. 작가가 덧붙였다.

"요나 씨도 그런 면에서 자유롭지는 않잖아요. 그러게 내가 처음부터 럭은 아니라고 말했지 않습니까. 이제라도 마음 접고, 이봐요, 요나 씨?"

요나는 매니저의 사무실을 향해 뛰었다. 작가 뒤에 매니저가 있다면 매니저를, 매니저 뒤에 폴이 있다면 폴이라도 만나서 럭을 살려야 한다고, 요나는 생각했다. 폴조차 자신의 뒤에 있을 누군가를 가리킨다면, 그땐 누구에게로 이 화살을 돌려야 할까. 폴 뒤에서 폴을 조종하는 이는 또 누구란 말인가. 해가 지고 있었고, 매니저는 사무실에 없었다.

저만치서 지난밤 요나를 찾아왔던 여자가 보였다. 표정을 읽지 못했지만, 그 여자는 존재만으로도 요나를 압박하고 있었다. 요나는 방갈로 안으로 들어가 서랍 속에 정리해 두었던 프로그램을 꺼냈다. 요나가 할 수 있는 최선은 이것뿐이었다.

새 프로그램에는 맹그로브 숲이 추가되었다. 요나는 그곳을 에코 투어 개념으로 접근할 수 있도록 꾸며 두었다. 맹그로브 숲의 생태에 대해서 누구보다 잘 아는 사람이 럭이었고, 그 사실 역시 프로그램에 명시해 두었다.

"럭? 우리 리조트의 럭 말입니까?"

매니저는 예기치 않은 변화에 조금 당황한 듯 보였지만, 요나는 럭이 알고 있는 무이의 오랜 전설이나 자연물에 대한 정보들이 정글의 새 프로그램에 필수적이라고 설명했다.

"럭 그 친구의 위치가 아주 중요해졌군요."

매니저의 말에 요나는 표정을 들키지 않기 위해 고개를 숙였다.

"원하는 게 뭡니까?"

마치 모든 걸 다 알고 있다는 듯, 매니저가 그렇게 물었을 때 요나는 결국 마음을 들키고 말았다. 매니저라면 상황을 바꿀 수 있을지도 모른다. 요나는 결국 입을 열었다. 럭은 건드리지 말아 달라고. 자신이 한국으로 돌아간 사이에 럭이 죽는다거나 그런 결말은 원치 않는다고.

매니저는 요나를 한참 동안 쳐다보았다. 의외라는 듯한 표정이었다.

"그럼 시나리오가 한참 바뀌게 됩니다. 그래도, 관계없단 말입니까?"

요나는 고개를 끄덕였다. 최근 10년간 전 세계 재난 재해의 81퍼센트를 차지한 것은 홍수와 태풍이고, 사망자 수가 가장 많았던 것은 지진이었다. 그러나 그런 것들은 항상 일이었을 뿐, 지금 요나에게 가장 큰 재난은 자신의 감정이었다. 요나의 감정은 언제 터질지 모르는 지뢰처럼 불안했다. 매니저 앞에서 그 감정을 들키고 싶지는 않았다. 이곳은 저기 내가 두고 온 정글과 다를 바 없는, 또 하나의 정글이었다. 그러나 요나에게는 선택의 여지가 없었다.

8월 첫째 주였다. 시간은 일요일을 향해 흘러가고 있었다. 그 '8월의 첫 번째 일요일'이 이미 코앞으로 다가왔다고 생각하자 요나는 마음이 무거웠다. 교살자무화과나무에 등을 기대고 서서 그 무거운 중압감을 달래기도 했다. 어두운 밤이 오롯이, 큰 무게감으로 전해져 왔다. 처음에 럭과 함께 이 나무 밑에 왔을 때는 공포를 느꼈지만 이제 와서 생각해 보면 그건 진짜 공포가 아니었다. 그때 요나에겐 잃을 것도, 지켜야 할 것도 없었다. 그러나 지금은 이 나무 밑에서 마주친다는 두려움이 어떤 것인지 조금 알 것 같았다. 그건, 슬픔의 한 종류였다. 등골을 오싹하게 만드는 어떤 것이 아니라 가슴을 한없이 얇게 쥐어짜는 슬픔. 어쩌면 이곳, 무이와 필요 이상으로 친해진 걸 수도 있었다.

어쨌거나 이 재난극으로부터 럭은 안전할 것이다. 매니저는 럭을 그 시기에 베트남으로 보내 놓겠다고 했다. 그것을 생각하면 그나마 숨통이 트였다. 머리 위의 창문이 다시 열리는 것 같았다.

오토바이는 사막 앞에 멈췄다. 이제 모든 일이 끝났다고 요나가 말했다. 오래전에 답사를 위한 답사는 끝이 났고, 이 좁은 무이에서 같은 장소를 몇 번이나 맴돌고 있다는 것을 럭도 알고 있었다. 럭은 "이제 돌아가는 건가요?"라고 물었다.

"아마도."

"같이 갈래요, 럭?"

요나는 자신도 모르게 그렇게 말해 버렸다. 그건 요나의 머리가 허락하기 전에 이미 입 밖으로 툭 튀어나와 버린 말이었다. 물론 진심이었다. 그러나 럭은 아마도 떠나지 못할 것이다. 함께한 시간은 겨우 3주에 불과하지 않은가. 요나는 자신이 없었다. 럭과 한국으로 간다고 한들, 그다음은 무엇을 어떻게 할 것인가. 두려웠다. 한차례 별들이 흘러가고 있었다. 요나의 말은 허공의 메아리처럼 자신의 귓가만 맴돌았다.

미완성의 탑은 사막 위에 등대처럼 서 있었다. 탑에서 손전등을 아래로 비춰도 저 아래의 깊이를 알 수 없듯이, 아래에서 위로 손전등을 쏘아 대도, 꼭대기에는 닿지 않았다. 럭이 막막한 어둠 속에서 말했다.

"뇌를 촬영한 영상이 있어요. 본 적 있어요?"

"글쎄요."

"난 본 적이 있어요. 사람의 뇌가 생각을 하기 시작하면 뇌 속에서 많은 변화가 일어나요. 그걸 포착한 사진인데, 꼭 크리스마스트리를 보는 것 같았어요. 불빛이 켜졌다가 꺼졌다가 다시 빛났다가 꺼졌다가. 반짝반짝하거든요."

"크리스마스트리 본 적 있어요? 여긴 더운 나라인데."

"크리스마스가 없는 곳이 어디 있겠어요."

그렇게 말하곤 럭이 혼자 웃었다.

"사실 직접 본 건, 리조트가 생기면서부터네요. 그것보다 더 많이 본 건 저 별들이죠. 그러고 보니, 뇌의 영상이 저 하늘을 닮은 것도 같네요. 검은 바탕에 흰 별들이 반짝반짝 빛나거든요."

요나는 럭을 따라 밤하늘을 바라보았다. 그러다 다음 순간 럭의 떨리는 목소리에 눈물이 고이고 말았다.

"내가 당신을 떠올릴 때, 내 머릿속에서는 그렇게 별이 빛나고 있을 거예요. 나도, 당신도, 그걸 직접 보지는 못하겠지만 분명 내 머릿속에서는 그렇게 별이 반짝이고 있을 거예요."

빛의 각도에 따라 울룩불룩 솟아나는, 별들로 가득한 하늘을 향해, 천만 선인장이 다 발기하는 그 고요한 새벽이었다. 럭은 티셔츠로 손을 뻗었고, 두 사람이 덮고 있던 모포가 흘러내렸다. 티셔츠의 구멍 사이로 럭이 머리를 집어넣었다. 머리가 티셔츠 안으로 숨어 버린 그 잠깐 사이, 럭의 눈이 축축해졌다. 그 눈으로 럭이 요나를 바라보았다. 동이 트면서 럭의 얼굴이 푸르게 변해 갔다. 럭이 속삭였다. 그리울 거라고.

무이의 하루가 이렇게 시작되고 있었다. 그게 그들의 마지막 만남이었다.

무이는 각본대로 움직였다. 적절한 긴장감이 땅과 바다에 노 살기를 부여하는지 그물에 걸려드는 물고기들이 많았다. 어부들은 난데없는 풍년에 다소 놀랐지만 나쁠 것은 없었다. 죽은 물고기가 가득한 리어카를 끄는 사람들로 길이 조금 붐 비기도 했다. 사막의 탑과 도로 일부에 크리스마스트리를 장 식하듯 CC카메라를 매다는 사람들도 보였다. 경보기도 번식 하듯 늘어났다. 모든 것이 착실하게 진행되는 가운데 사소한 문제들도 생겨났다. 몇 사람이 사라졌다. 죽었거나 떠났거나, 어떤 사유인지는 정확히 알 수 없었다. 남자11과 여자15, 여 자16의 자리가 비었다. 그러나 부품 몇 개가 없다고 돌아가지 못할 기계는 아니었다. 빈자리는 또 다른 사람들이 채웠다.

요나는 몇 건의 교통사고를 직접 목격하기도 했는데 이제 는 처음만큼 충격적이지 않았다. 다만 방금 죽은 사람들의 얼 굴이 좀 더 낯익게 느껴졌을 뿐이다. 그들 중에는 언젠가 요 나를 찾아와 악어들에 대해 묻고 묻던 여자도 있었다. 그 여 자가 노란 트럭에 치인 것을 목격하고도 요나는 그게 꿈인지 현실인지 확신할 수 없었다. 그 여자는 아마도, 확실히 사라 진 것 같았다. 종종 리조트 내에서 유령처럼 떠돌던 여자의 실루엣이 언제부터인가 보이지 않았기 때문이다.

여자는 밤에 매니저의 방에 드나들 수 있는 사람이었다. 그러나 이제는 다른 사람이 그 역할을 하고 있었다.

"악어들을 풀면 됩니다. 미끼를 던지면 다들 모일 거예요. 안 움직이고 배기겠습니까. 그들이 원하는 건 언제나 하나였습니다. 거주 허가지요."

여자가 알아내고 싶어 했던 말은 바로 그것이었다.

매니저의 말들은 요나의 머릿속에서 점점 큰 그림으로 맞춰지고 있었다. 이 시나리오에 대해 무뎌지기 위해 요나는 애썼지만, 종종 8월의 첫 번째 일요일이 꿈에 나타났다. 운동회보다 두 시간 먼저 소집된 악어들이 거주 허가를 얻는다는 사실에 들떠 있을 때, 그들의 발밑이 지옥처럼 무너지는 꿈을.

그건 꿈이 아니라 며칠 후 일어날 현실이었다.

요나가 그 현실로부터 가벼워질 수 있는 시간은 럭에 대해 떠올릴 때뿐이었다. 물론 완벽한 건 아니었다. 럭을 떠올리면 자연스레 또 악어들이 떠올랐다.

럭이 매니저의 심부름으로 베트남 출장을 간 날, 요나는 안도했다. 럭은 이제 모든 일이 벌어지고 난 후에 돌아오게 될 것이다. 그러나 평온은 오래가지 못했다. 마치 빈 부품을 채우듯 요나에게도 우편물이 도착했는데, 그건 오랫동안 기다려 왔던 체류 허가서가 아니었다. 폴의 노란 배경 흰 마크가 그려진 봉투 속에는 예상치 못한 문장이 있었다.

"당신을 악어75로 고용합니다. 대사는 없습니다. 고용 수당 300달러는 사건 발생과 동시에 당신의 계좌로 입금됩니다."

요나는 봉투 안팎을 다시 확인했다. 저 문장 외에는 어떤 말도 없었고, 수신인은 고요나가 분명했다. 요나의 심장이 빠르게 뛰었다. 악어75라니 이게 무슨 의미인가. 그건 여자1이나 여자2, 여자3과 마찬가지의 배역일까. 그 순간 떠오른 것은 언젠가 요나의 방에 찾아왔다가 사라진 여자의 한마디였다.

"악어70부터 악어450까지는 모두 개죽음을 당하게 생겼어요. 이 악어들은 대사도 없어요. 연습할 것도 없이 그냥 죽기만 하면 되는 거예요."

잘못 온 게 분명했다. 요나가 기다리는 건 이런 고용 계약서가 아니라, 체류 허가서였다. 그건 300달러짜리 일이 아니었다. 요나의 목숨도 300달러짜리가 아니었다. 시간이 도미노블록처럼 요나를 향해 쓰러지고 있었다.

요나는 봉투를 들고 방갈로를 나섰다. 우산도 없이 비를 맞으며 뛰었다. 어디로든 가야 했다. 마주치는 사람마다 요나를 보면서 "저 여자가 악어75래."라고 말하는 것 같아서 요나는 힘들었다. 매니저를 찾아갔지만, 그는 사무실에 없었다. 작가의 방갈로도 문이 굳게 닫혀 있었다. 작가의 방문에는 여러 개의 험악한 낙서들이 있었다. 이미 몇 차례, 자신의 배역에 불만을 품거나 공포를 느낀 사람들이 다녀간 것 같았다. 그러나 작가가 요나를 이런 단역으로 처리했을 리가 없었다. 작가는 요나와 같은 모국을 가진 사람 아닌가. 뭔가 잘못됐다. 요나에게는 요나라는 역할이 따로 있었던 것이다. 그러나 악어75라니, 이게 무슨 말인가. 요나는 봉투 아래 적혀 있는 담당자의 번호로 전화를 걸었다. 요나의 담당자는 남자34였고, 통화는 빠르게 연결되었지만 그의 대답은 특별할 것도 없었다.

"저는 당신에게 역할을 전달하라는 지시를 받았을 뿐이에요. 그게 제 역할이거든요. 왜냐고요? 그것까지는 몰라요. 제 관할이 아니에요. 그렇게 큰 계획은 저도 잘……."

아마도 폴의 로고가 찍힌 모자와 조끼를 입었을 사람들은 대부분 비슷한 말을 했다.

"그다음 일은 모르겠어요. 내가 하는 일은 여기까지라."

"그 일은 내 관할이 아니에요. 나는 여기만 담당해요."

"제 업무가 아니니 관할 부서로 연결해 드릴게요."

"아, 전화가 중간에 끊겼나요? 다시 한 번 돌려 드릴게요."

그러다 어느 순간 전화는 폴이 아니라 정글의 고객만족센터로 연결이 되었다.

"내가 기다리는 건 체류 허가서예요. 그게 아니면 그냥 이제 한국으로 돌아가기만 하면 돼요. 내가 왜 악어75로 고용되어야 하죠? 난 이런 역할 원한 적이 없어요!"

요나는 그렇게 말하는 대신에 "한국으로 돌아가고 싶어요."라고 말했다. 저편에서는 컴퓨터 자판이 빠르고 경쾌하게 움직이는 소리가 들렸다. 신용카드 단말기가 영수증을 북북

뿜어 낼 때의 소리 같기도 했다. 어쩐지 마음을 차분하게 만드는 소음들이었다. 그 속에서 저쪽이 말했다.

"미리 약관 다 읽어 보셨겠지만, 여행 중단은 안 되세요."

"전 환불 필요 없어요. 다 필요 없으니까, 그냥 돌아가도록 손 좀 써 주세요."

"환불을 말씀드리는 게 아닙니다. 여행 중단 자체가 안 되세요. 약속하신 날짜까지 그곳에 계셔야 해요."

"……왜요?"

"약관에 그렇게 되어 있습니다."

저쪽에서 들리는 기계음은 요나에게 익숙하기도 했지만, 낯설기도 했다.

"제가 아프거나 문제가 생기면, 자연히 여행을 그만두고 한국으로 돌아갈 수 있는 거 아닌가요?"

"고객님은 일반 여행객과 다른 조항으로 상품을 계약하셨어요. 보니까, 출장 개념이네요. 여행 비용을 따로 내지 않으셨죠. 회사 차원에서 출장 개념으로 가신 거라서, 중간에 중단하거나 할 수가 없어요."

"제발 김조광 팀장 한 번만 연결해 주시겠어요? 직접 말할게요."

"퇴사하셨습니다."

요나는 머리가 하얗게 변하는 것 같았다. 재차 확인해도 김조광 팀장은 퇴사했다는 말뿐이었다. 사유에 대해서는 알려 줄 수 없다고 했다. 요나는 서둘러 가이드를 찾았다. 루, 라는 이름의 가이드를. 그러나 루는 출장 중이어서 연락이 되지 않는다고 했다. 요나는 마침내 도미노의 맨 끝 블록이 자신의 관자놀이를 치고 지나간 것처럼, 항복하듯, 말했다.

"저도 퇴사하겠습니다. 퇴사하고 이제 그만 제 뜻대로 하겠습니다."

"출장 중의 퇴사 규정은 본인 사망만 가능합니다."

"제발, 제발요!"

"그 외에 다른 경우가 가능한지는, 저희가 확인해 보고 다시 연락드리겠습니다."

전화는 그렇게 끝났다. 확인하지 않을 걸, 요나는 알고 있었다.

소파에 털썩 주저앉자, 오랜만에 천장의 실링 팬이 다리 여덟 개를 활짝 벌리고 자신을 노려보는 게 눈에 들어왔다. 요나는 리모컨의 Do not disturb 버튼을 눌렀다. 그러나 방갈로의 눈꺼풀은 내려가지 않았다. 아무리 눌러도 리모컨은 작동하지 않았다. 눈은 이제 요나의 의사와 관계없이, 다른 말을 하고 있었다.

어두워지는 하늘 끝을 요나는 유심히 바라보았다. 눈이 잘못되었는지 기분 탓인지 하늘 위에 글자가 쓰여 있는 것처럼 보여서 자꾸만 눈을 감았다 떴다. 다시 보니 그 희미한 글자들은 좌우가 바뀌어 있었다. 그것이 정말 글자라면, 독자는 요나 쪽이 아니란 얘기였다.

뒤집혀서 읽기 힘든 글자들을 바라보며, 요나는 뒤집힌 것들에 대해 생각했다. 시나리오 속의 비극적인 연인도 그렇게 뒤집힌 것 중에 하나일 수 있었다. 매니저에게 감정을 들킨 것이 내 운명을 바꿔 놓은 것인가, 매니저가 시나리오가 바뀌어도 관계없겠느냐고 묻던 말이 이런 의미였던가, 요나는 소름 돋은 팔을 쓸어내렸다. 목 뒤도 서늘해졌다. 작가는 폴이 비극적인 사랑 이야기를 원한다고 했다. 요나는 럭을 죽이지 말라고 부탁했다. 그렇다면, 결국 비극을 이루기 위해 선택된 사람이 나란 말인가. 결국 두 사람 중 하나는 죽이기로, 그렇게 결론이 났던 것인가. 요나는 머릿속으로 수많은 경우의 수를 떠올렸다. 그러다 그 생각의 가지치기들이 언젠가 봤던 그 죽을 날짜 사이트의 화면으로 넘어가서 와르르 무너졌다.

지금 이 시간에도 요나의 수명은 단축되고 있을 것이다. 그건 모두에게 예외가 없는 일이었다. 그러나 악어75라니. 방금 노크 소리가 들린 것 같아 요나의 가슴이 철렁했다. 요나는 문가로 가서 인기척을 느껴 보려 했지만, 문을 두드린 사람은 아무 말도 하지 않았다.

"럭?"

"럭?"

럭이 출장 가 있는 것을 알면서도, 요나는 문을 두드리는 사람이 혹시 럭이 아닐까 절실히 기대했다. 요나가 문을 먼저 열었던가, 아니면 문이 먼저 열렸던가. 문 앞에는 아무도 없거나 모두가 있었다. 요나는 뛰기 시작했다. 도착한 곳은 교살자 무화과나무 아래였다. 요나는 그곳에서 축 늘어진 그것을 보았다. 나무에 걸려 있던 그것은 언젠가 요나가 버렸던 1.5켤레짜리 신발의 한 짝이었다. 그것이 왜 여기 있는지 요나는 알지 못했다. 그리고 다음으로 요나의 눈에 보인 것은 아이의 스케치북이었다. 한참 전 교사의 아이가 그려 댔던 그 그림들. 그 스케치북이 바람에 한 장 한 장 넘어가면서 마치 만화영화의 밑그림을 보여 주는 듯했다. 그림 속에 힘없이 쓰러져 있던 늙은 개가 어느 순간 일어섰고, 뛰기 시작했다. 늙은 개는 어떤 냄새를 따라 싱크홀로 뛰어들었다. 그리고 죽은 채 발견되었다. 개는 주인을 위해 구덩이로 뛰어든 충견으로 두고두고 회자되었다. 그게 아이의 스케치북 속에서 마치 현실처럼 벌어지고 있었다. 스케치북을 탁 덮은 사람은 폴의 모자를 푹 눌러쓰고 있었다. 폴이 고개를 들자 모자 밑으로 너무 익숙해서 낯선 요나 자신의 입 매무새가, 요나 자신의 코가, 그리고 요나 자신의 눈이 보였다. 속쌍꺼풀과 갈색 눈동자, 그리고 젖은 눈. 요나는 짧은 비명도 지르지 못했다. 저 앞에 서 있는 자신의 모습이 두려워서, 몸이 얼마만큼 흔들리는지도 느끼시 못했다.

"폴에게 물어보세요."

하나의 요나가 그렇게 말했다. "그런데 폴이 어디에도 없는 존재라는 걸, 당신도 알지 않나요?" 그 말에 또 하나의 요나는 다리에 힘이 풀려 주저앉았다. 그리고 하나의 요나가 나무 사이로 뛰기 시작했다. 또 하나의 요나도 뛰기 시작했다. 그를 쫓아 뛰지 않으면 자신이 잡힐 것 같았다. 요나가 달리는 동안 해변으로 까만 게들이 무수히 올라오고, 새들이 멀리 튕겨 나가듯이 날아올랐다. 어느 순간 요나는 쫓는 자가 아니라 쫓기는 자가 되어 있었다. 모두가 요나를 보았다. 장승처럼 솟은 야자수와, 퇴각하는 새들, 그리고 숨어서 우는 짐승들. 그 모두를 목격자로 두고, 두 개의 눈동자가 요나를 향해 돌진했다. 굉음을 내면서 육중한 몸으로 요나를 들이받았다. 그 한 번에 요나는 쓰러졌다. 다시 두 개의 눈동자가 후진과 전진을 반복할 때 요나는 가까스로 고개를 들었으나 보이는 건 화가 난 듯 부릅뜬 헤드라이트 조명뿐이었다. 운전석을 향해 요나는 눈을 부릅떴지만, 곧 가느다란 목 위로 고철 덩어리가 지나갔다.

시간이 잠시 멈춘다. 요나의 눈앞에 반쯤 덮개를 내린 채 새벽빛을 기내로 들여보내던 창문 두 개가 나타난다. 반쯤 눈을 감은, 아니 반쯤 눈을 뜬 눈꺼풀 두 개. 요나는 창문을 향해 손을 뻗는다. 창문은 조금 멀어졌다가 다시 가까워진다. 요나는 생각한다. 대체 어디서부터 어긋난 걸까. 이제 요나는 다시 두툼한 전깃줄이 늘어진 거리 위를 달려 여행의 시작점으로 되돌아간다. 저 머리카락 뭉치 같은 전깃줄을 타고, 무이의 모든 골목을 지나 바다를 건너면 어쩌면 요나가 지나왔던 모든 경로를 거꾸로 갈 수도 있을 것이다. 모든 걸 어긋나게 만든 최초의 지점, 그 지점을 찾아 요나는 머릿속을 더듬는다. 그러나 결국 지금은 수많은 순간들의 연속이다. 끊어진 지점 따위는 찾을 수 없다. 이건 내 역할이 아니라고 그렇게 중얼거리다가, 요나는 그 억울함 끝에 설명할 수 없는 안도의 감정을 만난다. 자기 대신 럭이 살 수 있다면, 그렇다면 조금은 다행이지 않을까 하는. 스스로 그렇게 믿지 않았던 감정의 굴곡 위로 지금 요나는 흘러간다. 눈꺼풀이 반쯤 감긴다. 이국과 모국 사이에서 지금 요나의 눈꺼풀은 모호한 의사표시를 하고 있다. 돌아갈 준비가 되었으니 내 안의 흔적들을 치워 달라는 뜻일까, 아니면 아직 잠에서 덜 깨었으니 모른 척해 달라는 뜻일까.

요나는 힘을 주어 끔뻑, 두 눈을 감았다 떴다. 모래바람이 요나의 볼 위로 불었다. 악어75는 그렇게 죽었다.

7 일요일의 무이

작가는 사무실에서 나왔다. 리조트 안에서도 인터넷이 연결되는 곳은 매니저의 사무실뿐이었다. 밤새 탈고를 마친 대본을 메일로 보내고, 자신의 계좌로 돈이 입금된 것도 확인했다. 금요일이었다. 작가는 방갈로로 돌아와서 수십 개의 험악한 낙서들을 지나쳐, 눈꺼풀을 내리고, 곧바로 잠들었다. 푹자 본 것이 얼마 만인가. 위스키 두 잔을 들이켠 것이 숙면에 도움이 되었다.

토요일 아침, 작가는 오랜만에 식당에서 아침 식사를 했지만, 요나는 보이지 않았다. 오후가 되어도 요나가 보이지 않자, 작가는 뭔가 이상하다고 느끼기 시작했다. 요나의 방갈로 문앞, 그 눈꺼풀 모양은 내려져 있었고, 커튼은 닫혀 있었다. 주변은 밤사이에 멈춰 버린 것처럼 고요했는데, 몸을 낮추고 보면 끊임없이 움직이는 깃들이 있었다. 해변에 불고기들이 많이 올라와 있었는데, 자기들이 뭍으로 올라온 이유를 스스로도 모르는 듯했다. 올리브색 게들은 지금도 끊임없이 뭍으로 올라오고 있었다. 해안선은 평소보다 더 멀어져서 감추어졌던 바다의 밑바닥이 민망할 만큼 드러나 있었다. 다만 밤사이 그 해변에 찍혔던 발자국은 이미 물살에 지워진 지 오래였다. 햇빛은 쨍쨍했고, 지난밤 일은 이미 소독되었다.

해가 질 무렵, 작가는 커튼을 닫았다. 방갈로의 눈꺼풀을 내리고, 이곳에 빠뜨린 게 없는지 확인했다. 그날 밤 그는 몰래 리조트를 빠져나왔다. 섬 지리에 밝은 아이 하나가 리조트 밖에서 그를 기다리고 있었다. 작가는 일요일 아침, 그러니까 몇 시간 후 날이 밝으면 벨에포크에서 준비한 전용 보트로 떠나기로 되어 있었다. 예정대로라면 보트의 승객은 두 명이었다. 그러나 지난밤 요나는 교통사고로 죽었다. 그는 요나가 죽은 것이 정말 우연한 교통사고는 아닐 거라고 믿었다. 요나의 죽음은 작가의 대본에는 없던 것이었다. 요나의 시체를 마네킹처럼 활용할 계획도 없었다. 이야기는 이미 그의 대본보다 앞서 나가 스스로 움직이고 있었다. 요나는 죽었고, 럭은 울부짖을 것이다. 이로써 폴이 원하던 비극적인 사랑 이야기가 완성된 셈이지만, 그건 작가가 의도한 바가 아니었다. 작가가 넘긴 시나리오에는 두 연인이 사막에서 이별하는 장면이 전부였다.

빛의 각도에 따라 울룩불룩 솟아나는, 별들로 가득한 하늘을 향해, 천만 선인장이 다 발기하는 그 고요한 새벽이었다. 럭은 티셔츠로 손을 뻗었고, 두 사람이 덮고 있던 모포가 흘러내렸다. 티셔츠의 구멍 사이로 럭이 머리를 집어넣었다. 머리가 티셔츠 안으로 숨어 버린 그 잠깐 사이에, 럭의 눈이 축축해졌다. 그 눈으로 럭이 요나를 바라보았다. 동이 트면서 럭의 얼굴이 푸르게 변해 갔다. 럭이 말했다. 그리울 거라고.
무이의 하루가 이렇게 시작되고 있었다. 그게 그들의 마지막 만남이었다.

그러나 요나는 시나리오 밖으로 나가 버렸다. 요나와 럭, 두 사람은 시나리오의 마지막 장면 이후로도 한 번 더 만났던 것이다. 럭의 출장이 가까워 오자 요나는 마음이 조급해졌다. 말할 기회는 마지막일 수도 있었다. 요나의 머릿속에 크리스마스트리처럼, 우주의 별처럼 반짝반짝 신호가 켜졌고, 그 순간 럭의 머릿속에도 같은 현상이 일어났다. 누구도 보지 못했지만 그들은 그랬다. 그리고 마침내 럭이 요나의 방문을 두드렸다. 방갈로의 눈꺼풀은 내려진 채였지만 럭이 두드리는 걸 알았고, 요나는 문을 열었다. 럭이 요나에게 말했다. 호찌 민에서 일을 마친 후 당신을 기다리겠다고. 귀국길을 배웅하겠다고. 그렇지만 그리 긴 이별은 아닐 거라고.

그 말을 전하고 정말 마지막 같은 키스 뒤에 급히 뛰어가는 럭을 불러세운 건 요나였다. 요나는 사랑이 아닌 다른 말도 해야 했다. 아니, 사랑이기 때문에 다른 말을 해야 했다.

요나가 럭에게 어디까지 얘기한 것인지, 왜 그런 결정을 한 것인지 작가는 알 수 없었다. 그러나 확실한 것은 비밀을 발설한 자는 죽었고, 그 죽음이 작가에게도 위협적으로 느껴졌다는 것이다. 요나의 죽음으로 그가 깨달은 것이 있다면, 어서 이곳을 떠나는 게 좋겠다는 사실이었다. 이미 돈은 입금되었고, 지금은 적절한 타이밍이었다.

준비된 일요일. 남자1은 밀봉된 자루를 적정량씩 트럭 화물칸에 나눠 실었다. 그 자루가 무엇인지는 남자1도 몰랐다. 굳이 자루 속을 확인하고 싶지는 않았다. 확인하지 않는 편이 더 좋을 수도 있었다. 남자1도 어차피 여자7에게서 건네받은 물품이었으므로, 그다음 운전사들에게 건네주기만 하면 되는 일이었다.

남자12는 트럭 다섯 대 중 한 대에 올라탔다. 트럭마다 가는 목적지가 조금씩 달랐다. 남자12는 붉은모래사막의 1번 구멍으로 가야 했다. 그는 화물칸에 무엇이 들어 있는지 알지 못했다. 다만 비수기에 일거리가 있다는 게 좋을 뿐이었다. 그의 업무는 1번 구멍에 짐을 쏟아 놓는 것이었다. 1번 구멍이 어디인지는 몰랐지만, 사막 입구로 가면 안내가 될 거라는 얘기를 들었다. 새벽 2시 30분. 가로등도 없는 길은 어두웠지만, 사막까지 가는 길은 어렵지 않았다. 붉은모래사막에 가기 전, 흰모래사막이 가로등 역할을 하고 있었다. 달빛도 유독 환했다.

남자12 뒤로는 남자16이 달리고 있었다. 그 역시 붉은모래사막으로 향하고 있었지만 남자16은 기분이 영 찜찜했다. 돈이 너무 많았다. 공사장까지 짐을 운반해 주는 일치고는 수당이 평소보다 훨씬 많아서 불안했다. 화물칸에 들어 있는 것이 무엇인지도 알 수 없었다. 그저 시간이 되어서 정해진 번호의 트럭에 타고, 목적지까지 짐을 운반할 뿐이다. 자신과 비슷한 형태로 몇 사람이 트럭을 몰고 도로를 달린다는 사실은 위안보다는 불안을 가중했다. 전쟁이라도 나는 것인가, 별별 생각이 다 들었다. 남자12는 남자16과 목적지가 같아 보였다. 그러나 앞서 달리던 남자12가 갑자기 사라졌다. 허공에 남자12의 트럭이 보이는가 싶더니 곧 남자16의 트럭 위로 떨어졌다. 도로가 하늘로 엿가락처럼 솟아올랐다. 사방에서 귀가 찢어질 듯한 소음이 들리기 시작했다. 처음 들어 보는 경보음이었다. 눈을 감기 전에 그는 남자12의 트럭인지 자신의 트럭인지 모를, 우리의 것이 분명한 짐칸에서 파도처럼 쏟아져 내리는 몸뚱이들을 보았다. 짧은 순간이었지만 그 시체들에는 표정이 있었다. 오래전에 본 듯도 한, 분명 아는 누군가이기도 한, 혹은 존재 자체도 몰랐을 사람들의 몸뚱이가 돌처럼 떨어져 내렸다. 그중에 몇 개가 트럭의 유리창을 뚫고 그의 얼굴 위로 무너져 내렸다.

같은 방향으로 달리던 트럭 두 대가 동시에 고꾸라졌다. 트럭을 운반하던 길이 제자리를 이탈했다. 파도가 땅 위로 솟아올랐다. 아직 잠들어 있던 마을에서 남자2는 경보음에 화들짝 놀랐다. 그는 벽에 걸린 시계를 보았다. 새벽 3시. 행사가 시작되려면 아직 몇 시간이 남아 있었다. 남자2는 잠을 청하려고 했지만, 이상하게 잠이 오지 않았다. 적당히 들떠 있기도 했다. 긴장과 공포가 만들어 낸 들뜸이었다.

자신이 죽을 시점을 안다는 게 약인지 독인지, 남자2는 역할을 맡게 된 그날부터 줄곧 생각해 왔다. 그의 아버지는 평생 앓다가 돌아가셨다. 어머니 역시 아버지의 뒤를 밟고 있었다. 약을 살 수 없어서 죽는 역사가 그의 집에서는 대물림되고 있었다. 남자2는 몇 시간 뒤면 땅속에 매몰될지도 모르는 운명이었는데, 그것이 진짜 자신의 운명인지 아니면 그가 선택한 운명인지는 알 수 없었다. 스스로 사망자가 되기를 희망

하긴 했으나, 그에게는 사망자가 되어야만 하는 이유가 있었고, 선택의 여지가 없었기 때문에 어쩌면 이것이 그의 원래 운명인지도 몰랐다. 행사가 시작되는 시점에 4000달러가 그의 통장에 들어오기로 돼 있었다. 그건 교통사고 때 보통 목숨 값으로 주고받는 금액보다도 훨씬 큰 돈이었다. 이 사건에서 맡을 수 있는 역할들 중에서도 가장 높은 금액이라고 했다. 그 돈이면 남은 가족들은 약이 없어 죽는 역사를 끊을 수 있을 것이다. 어머니와 두 아이 말이다. 아내는 오래전에 타국으로 건너가 소식이 끊겼다. 아내가 있었다면 상황이 조금 달랐을지도 모르지만, 그런 가정은 의미가 없었다.

남자2는 면도를 시작했다. 그에게 연기력이 필요한 것은 죽기 직전 탑 부근의 CC카메라에 몇 번 모습을 비춰야 하기 때문이었는데, 그래서인지 그는 이 죽음이 진짜 죽음이 아니라 놀이처럼 느껴지기도 했다. 여러모로 남자2는 마음이 복잡했다. 가슴이 콕콕 쑤셔 왔다. 그래도 두루두루, 자신의 선택이 옳았음을 확인해 주는 요소들이 주변에 산재했다. 물론 죽지 않을 수도 있었다. 그는 면도를 멈추고 거울을 바라보면서, 잠시 뒤 자신이 해야 할 일들을 떠올렸다. 그는 붉은모래사막의 1번 구멍 안으로 사륜구동을 몰고 돌진해야 했다. 구멍은 어마어마하게 크고 깊어서 그곳으로 돌진한 사람은, 그것도 거대한 기계와 함께라면 죽을 확률이 컸다. 그러나 어쩌면 살 수도 있었다. 아주 운이 좋다면, 그는 4000달러를 받고도 살아날 수 있었다. 그가 살아난다면 그다음으로 해야 할 내사들이 있었다. 그는 그것을 다시 읊조려 보다가, 대사가 가물가물하다는 사실에 화가 났다. 살아남았을 때의 대사를 까먹다니, 너무도 화가 나는 일이었다.

이 일은 기회였다. 벨에포크의 매니저와 친분이 없었다면, 알지도 못했을 일이었다. 스스로 선택한 길인데, 왜 억울한 기분이 드는지 알 수 없었다. 멀리서 경보음이 꺼지지 않고 계속 울렸다. 행사는 아침 8시에 시작될 예정이었다. 이상했다. 남자2는 문고리를 잡았다. 문을 연 건 누구인지 알 수 없었다. 문이 열리는 순간 남자2의 눈과 코와 입과 모든 구멍이 열렸다. 거대한 흙이, 혹은 물이 구멍 안으로 쏟아졌다. 거대한 고철 소리가, 혹은 파도가, 혹은 바람이 남자2의 비명을 삼켰다.

비명이 메아리처럼 집집마다 들려왔다. 집들은 지붕이 무너지고 바닥이 꺼진 채 수평선 너머로 빨려 들어갔다.

여자5는 청소기를 돌리고 있었다. 새벽 3시에 청소기를 돌리는 건 이상한 일이었지만, 오늘은 예외였다. 여자5는 오늘 오랫동안 식물인간으로 지내던 아이를 떠나보내기로 했다. 아이와 대화를 나눠 본 것도 벌써 4년 전 일로 "다녀오겠습니다.", "그래." 정도가 고작이었다. 학교에 간 아이는 병원에서 발견되었고, 깨어나지 못했다. 산소호흡기를 떼야 할 시점을 이미 넘어선 지 오래였다. 병원에서는 할 만큼 했다는 식으로 미납금을 청구했다. 여자는 오늘 아이를 안고 2번 구멍으로 투신할 생각이었다. 투신 시점에 돈이 계좌로 입금될 거라고 했다. 여자는 이웃에 사는 오래된 벗의 계좌를 적었다. 모든 것을 끝내는 시점에 왜 청소기를 돌리게 된 건지, 스스로도 납득하기가 어려웠다.

자주 먼지 주머니가 볼록해지던 그 청소기는 그날따라 아무것도 빨아들이지 못했다. 여자5는 밖의 소음을 듣지 못했다. 여자5가 청소기 세기를 가장 세게 올리고 거실로 나갔을 때, 유리창이 달빛처럼 부서져 집 안으로 들어왔다. 여자5는 순간 그게 빛이라 생각했지만, 오래 보지는 못했다. 침입자는 덩치가 거대했고, 잿빛이었다. 그의 발바닥 아래서 여자5의 목이 가볍게 부러졌다. 살아남은 건 입을 벌리고 숨 쉬는 청소기뿐이었다. 청소기는 평소보다 조금 더 큰 덩어리를 삼켰을 때처럼, 목 막힌 소리를 냈다.

남자4는 경보음을 듣고 오토바이에 시동을 걸었다. 약속했던 시간보다 너무 이른 타이밍이어서 이상했다. 담당자에게 전화를 했으나 받지 않았다. 그가 아는 담당자는 여자21이었는데, 아직 자고 있는 모양이었다. 그는 또 한 번 경보음을 들었다. 그는 트럭을 기다리고 있었다. 저만치서 트럭이 오면, 그다음 경보음이 알아서 울릴 거라고 했고, 그즈음이 아침 8시일 거라고 했나. 그의 일은 트럭이 오고, 경보음이 울리면, 스위치를 누르는 거였다. 그러나 순서가 엉망이지 않은가. 트럭은 늦고 경보음은 빨라서 의문스러웠지만, 경보음이 울리는 일이 전혀 없던 섬에서, 그만큼 확실한 신호는 없었다. 남자4는 2번 구멍과 연결된 스위치를 눌러야 했다. 그 스위치를 누르면 다음 상황이 어떻게 되는지는 그도 정확히 몰랐다. 다만 이 새벽에 스위치를 누르는 것만으로 그는 보수를 받을 수 있었다. 남자4는 2번 구멍이 어디에 있는지 몰랐다. 다만 탑 아래 2번이라고 적힌 버튼을 누르기만 하면 되었다. 그건 어려운 일이 아니었다. 뭔가 좀 미심쩍긴 했으나 불필요한 호기심이었다.

탑 아래에는 이미 몇 사람이 와 있었다. 모두의 표정이 비슷했다. 또 한 번 경보음이 울렸을 때 사람들은 저것을 신호로 봐야 하는지, 아니면 오류로 봐야 하는지 어리둥절해했다. 경보음이 울리기로 한 시간은 8시 11분이었다. 몇 시간 먼저 울린 이 경보음을 신뢰할 수는 없었지만 계속해서 경보음이 울리는 구역이 커지니, 몸이 반사적으로 움직일 것만 같았다. 지금 밧줄을 잡아당겨야 하는지, 스위치를 눌러야 하는지, 아니면 예정된 시간까지 기다려야 하는지를 두고 우왕좌왕했다. 탑 위에서 여자8이 얼굴을 내밀었다. 그녀 역시 혼란스러운 표정이었다. 여자21과 통화가 되지 않으니, 누군가 리조트로 가 봐야 하는 게 아니냐는 말이 나왔을 때 남자20과 남자4가 동시에 손을 들었다. 결국 남자4가 리조트로 가게 되었고, 남자20은 자리에 남기로 했다. 그들에겐 각자의 역할과 대가가 있으니, 현장을 비울 수는 없었다. 당연한 상황이라 생각하면서도 남자20은 가슴이 철렁 내려앉아 엉치뼈를 누르는 듯한 느낌을 떨칠 수가 없었다. 이제 와서 그는 더럭, 겁이 나기 시작했다. 남자20 역시 많은 사람들처럼 돈이 목숨보다 더 필요해서 자원했다. 어떤 사람들은 목숨까지는 걸지 않은 모양이었다. 그런 사람들은 받은 돈이 더 적겠지. 그러나 이 순간, 그는 살고 싶었다. 죽음은 그가 생각한 것만큼 간단한 게 아닌 것 같았다. 도망가고 싶었다. 리조트에 다녀온다는 핑계로 이 자리를 떠나고 싶었다. 고스란히 그들의 무덤이 될 자리에 서서 행사를 기다리는 게 무서워서 미칠 것만 같았다.

남자4가 리조트로 오토바이를 몰아 떠나고 난 뒤, 남자20은 다리에 힘이 풀려 주저앉았다. 다른 사람들의 표정을 읽다 보니, 더, 두려워졌다. 남자20의 주머니 속에는 그의 신분을 말해 줄 만한 것들과, 그의 감동적인 이야기를 증명할 만한 아내의 사진이 들어 있었다. 그 사진은 가짜였다. 아내 역할을 할 여자10은 아직 오지 않았다. 그들은 결혼한 지 3개월 만에 변을 당하는 비운의 가족이었다. 그러나 남자20은 상대방인 여자10을 잘 알지 못했다. 세 번쯤 이야기를 나눠 봤는데,

그건 모두 남자20과 여자10이라는 배역을 맡은 이후의 일들이었다. 전체 회의 시간, 연습 시간만이 그녀를 알 수 있는 시간이었다. 그리고 어느새 남자20은 여자10을 진짜 아내처럼 생각하게 되었다. 물론 혼자만의 감정이었지만, 남자20은 여자10과 정말 손을 잡고 입을 맞추고 이야기를 하고 여러 약속들을 하고 싶었다. 그들은 닮아 있었다. 살아온 환경도, 현재의 선택도, 그리고 미래의 이야기도.

남자20은 여자10이 아직 현장에 오지 않아 더 불안했다. 경보음이 또 한 번 울린 가운데, 누군가 일을 진행시켰다. 아직 남자4가 돌아오지 않은 상황에서 스위치가 작동했다. 1번 구멍이 무너지기 시작했다. 동시에 저만치 2번 구멍 쪽에서도 소리가 들리기 시작했다. 미리 쌓아 둔 노점, 리어카들, 그러니까 세트들이 먼지를 비명처럼 내지르며, 모래를 몸부림처럼 흩날리며, 아래로 쏠려 내려갔다. 남자20은 1번 구멍과 2번 구멍 사이의 늪지대 같은, 그러니까 발을 넣는 순간 훅 꺼질 것이 분명한 땅속으로 체중을 실어 뛰어야 했지만, 발이 떨어지지 않았다. 그가 어떤 판단을 내리기 이전에 그의 몸이 먼저 소란의 반대쪽을 향해 뛰고 있었다. 그러나 소란의 반대쪽이 어디인지, 그걸 판단할 수도 없었다. 1번 구멍이 무너지고 잠시 후에 2번 구멍이 무너져야 했는데, 무너지는 것은 구멍이 아니라 하늘이었다. 그가 뛰는 방향으로 그림자처럼 탑이 무너지고 있었다. 아니, 꼭 그렇게만 볼 수도 없었던 것은 탑의 돌이 무너지기 전에, 사막이 울렁거리면서 먼저 솟구쳤기 때문이다. 탑도, 사막도, 모두 다 무너져 뒤엉켰다.

괜찮다고 당황하지 말자고 탑 위쪽에 서 있던 누군가가 말했다. 그는 카메라를 들고 있었다. 그게 그의 역할이었으나, 먼저 카메라가 휩쓸려 갔고, 다음으로 그의 몸이 휩쓸렸다. 모두는 보았다. 한 남자의 몸체가 땅 밑으로 휩쓸려 들어가는 것을. 그곳은 구멍도 뭣도 아니었지만, 두 동강 난 탑의 윗부분은 모래 틈으로 추락해 소금처럼 녹아 버렸다.

남자4의 오토바이가 리조트에 닿기 전에, 사막을 채 떠나기도 전에, 그는 뒤에서 사막과 탑이 어디가 위고 어디가 아래인지 구분도 없이 무너지는 것을 보았다. 곧 남자4의 오토바이도 갈 길을 잃고 어딘가로 사라졌다. 리조트에 간 것은 남자4도 오토바이도 아닌, 바람과 파도였다. 리조트는 평소와 다름없는 잠을 가장하고 깨어 있었다. 어떤 방갈로에서는 송금 준비가 한창이었고, 어떤 방갈로에서는 CCTV 확인이 한창이었고, 어떤 방갈로에서는 부르면 뛰어나갈 준비가 한창이었다. 그때 경보음이 비명처럼 연달아 울리기 시작했다. 누군가 스피커를 갈기갈기 찢어 놓은 것처럼 소름 끼치는 소리였다. 거대한 파도가 몸을, 집을, 책을 삼키고 파도에 놀란 글자들이 물고기처럼 튀어 올랐다. 그러다 한순간 모든 게 무덤처럼 멈췄다.

걷기도 소리도 행동도 모두 멈추고 움직이는 것은 이제 밤의 표정과 소음뿐이었다. 그 밤이 매니저의 방문 앞으로 찾아가 말했다. VIP 오셨습니다.

고개를 든 매니저의 눈앞에 그가 나타났다. 누구도 초대하지 않은 VIP였다. 산만 한 덩치로 온 바다를 발판 삼아 일어선 그는, 오랜 시간 바다 위를 떠돌다가 온 그는, 매니저 앞에 와서 기지개를 한번 켜고는 그대로 무너졌다. 매니저는 비상계단을 찾아 달렸다. 그러나 땅이 춤을 추고 있었다. 매니저가 발을 내딛는 곳마다, 걸음을 내리꽂는 곳마다 모세의 기적처럼 갈라지고 있었다. 갈라진 틈새로 굵은 나무뿌리가 드러났다. 그리고 나무뿌리 중에 가장 낡은 것 하나가 매니저의 발목을 휘감았다. 몇백 년에 걸쳐 일어날 만한 일들이 순식간에 벌어지고는, 금세 조용해졌다.

파도는 쓰레기 섬을 품에 안고 사막의 등줄기를 지나 마을 한복판으로 들이닥쳤다. 타국의 쓰레기, 국경을 허물며 떠돌던 쓰레기가 무이를 덮친 시간은 새벽 3시였다. 몸이 불어나는 동안 흡수한 태평양의 많은 뜨내기들도 함께였다. 무이가 쑥대밭이 되는 데 걸린 시간은 겨우 4분이었고, 공교롭게도 오늘은 8월의 첫 번째 일요일이었다. 몇몇 사람들은 예정된 행사가 앞당겨진 줄만 알았고, 제 역할에 충실했다. 몇몇 사람들은 이게 행사와는 아무런 상관이 없다는 걸 인지했지만, 그렇다고 해서 살아남는 데 도움이 된 건 아니었다.

아침 8시, 예정된 시간이 되자 해는 지난밤을 비추듯 지평선 위로 떠올랐다. 많은 사람들이 사막과 도로, 리조트와 해변 위에서 눈을 감고 누워 있었다. 공평했다. 부족의 구분도 계급의 구분도 지역의 구분도 없었다. 모두가 뒤엉켜 있었고 눈을 감은 사람들은 말이 없었다. 믿지 못할 광경은 서 있는 사람들의 눈도 감기게 만들었다.

아주 먼 곳에서 무이를 내려다보면 어느 것이 사람이고 어느 것이 버려진 쓰레기인지 구분이 되지 않을 정도였다. 가장 피해가 큰 곳은 가장 넓은 해변을 가졌던 리조트 일대였다. 공연되지 못한 대본 몇 부가 리조트 곳곳에 흩어진 채 바람에 날리고 있었다. 바람은 마치 그 대본 위의 글자들을 닳아 없어지게 할 것처럼 세차게 불었고, 파도는 그 대본 위의 글자들을 지워지게 할 것처럼 자꾸 몰려왔다.

생존자들 대부분은 맹그로브 숲에서 발견되었다. 눈이 좋은 사람들은 지난밤, 해가 저문 후에 수많은 악어들이 이동하는 모습을 목격했을지도 모른다. 보트 위에 올려진 집들이, 모터가 있거나 없는 집들이, 세금을 못 낸 집들이, 무이에 살되 살지 못하는 집들이, 무엇보다도 날이 밝으면 몽창 무너질 집들이 줄줄이 바다 위를 가로지르는 모습을.

아이든이 수상 가옥이 향한 곳은 맹그로브 숲이었다. 그건 요나의 생각이었다. 맹그로브 숲은 많은 것을 숨길 수 있었다.

요나와 헤어진 새벽, 럭은 수상 가옥으로 달려갔다. 그는 악어들에게 거주 허가는 함정일 뿐이니 토요일 밤에 몰래 맹그로브 숲으로 이동하라고 말했다. 몇 사람은 럭을 의심했다. 럭의 말을 믿지 않는 사람들도 있었다. 그러나 럭으로서는 그게 최선이었다.

베트남 출장은 사흘짜리였다. 그 급작스러운 출장을 럭이 거부할 수 없었던 건 호찌민에서 요나의 귀국길을 볼 수도 있을 거라는 생각 때문이었다. 럭은 부모님의 허물어진 집 안을 가만히 바라보다 선착장으로 떠났다. 토요일 밤, 럭의 말에 따라 움직인 이들도 있고, 움직이지 못한 이들도 있었다. 움직이기로 결정한 수상 가옥들은 악어처럼 깊게 물 밑으로 몸을 숨긴 채, 바다를 가로질렀다. 그리고 맹그로브 숲 안으로 들어가 밤을 견뎠다. 그들은 아침의 거주 허가가 위험하다는 것을 알았다. 그들은 아침에 다가올 야비한 계략을 피해 이동한 것이었으나, 아침이 오기도 전에 어떤 구분도 없이 모든 것이 흔들렸다. 쓰나미가 무이를 뒤흔드는 동안 몇백 년을 견딘 나무들은 뿌리로 악어들을 감싸 안았다. 날이 밝은 후, 악어들은 그 섬에서 살아남은, 대부분의 사람이 되었다. 살아남은 사람들은 기억하는 대사가 없었다. 연습한 대사도 없었다. 특별한 사연도 없었다. 리허설도 수당도 없었지만 깨진 머리에서 피가 흘러나오듯, 이야기들은 바다로 흘러나왔다.

o 맹그로브 숲

북상하는 것.

저기압, 장마, 누군가의 부음.

남하하는 것.

파업, 쓰레기, 이야기.

이야기.

지난 한 주간 가장 빠른 속도로 움직인 것은 부음 소식이었다. 발인이 지나면 효력을 잃어버릴, 유통기한이 짧기에 신속한 것.

소식이 시작된 곳은 무이였다. 아는 사람보다 모르는 사람이 더 많은 지명. 어느 밤의 거대한 쓰나미 아래서, 그곳의 모든 생활들이 깁사기 찜. 찜. 찜. 으로 끊어졌다. 그곳 무이의 해변에 좌초한 쓰레기 섬은 점. 점. 점. 흩어졌다. 난파당한 선원들처럼 한국어가 찍힌 플라스틱들이 그곳 해변에 나뒹굴었다.

남해안을 떠날 때보다 더 불어난 그 쓰레기 섬은 밤사이에 예상 경로를 이탈해서 무이로 갔다. 쓰레기의 경로를 예측했던 사람들은 이제 쓰레기의 경로를 역추적하기 시작했다. 그러나 아무런 인과관계도 보이지 않았다. 지구 저 속에서부터 시작된 거대한 바람이, 거대한 흐름이, 갑자기 쓰레기 섬의 경로를 바꿨다고밖에 달리 설명이 되지 않았다. 어쨌거나 타국의 해변과 도로에 익숙한 쓰레기들이 널려 있는 풍경은 한국의 시선을 붙잡기에 충분했다.

부지런한 사람들은 사막에서 싱크홀의 흔적을 발견하기도 했다. 전문가들은 이렇게 말했다. 붉은모래사막의 탑 공사를 무리하게 진행한 듯 보이고 그 때문에 무이의 지반이 약해진 데다가 폭우와 가뭄으로 싱크홀 현상이 야기된 것 같다고. 그것은 작가가 계획한 독자들의 반응 그대로였다. 그러나 싱크홀을 싱크홀답게 느끼지도 못할 만큼 거대한 쓰나미가 몰아친 덕분에 작가는 그런 반응을 지켜보지도 못했다. 그 역시 500명이 넘는 사망자 중 한 명이었던 것이다. 그는 무이 선착장의 재떨이 앞에서 발견되었다. 마지막 담배 한 대가 그의 생사를 가른 걸 수도 있었다.

작가의 가방 속에서 발견된 종이 뭉치는 놀랍도록 온전했다. 황준모의 시나리오였는데 그것이 8월의 무이를 배경으로 하고 있어서 사람들의 관심을 끌었다. 8월의 첫 번째 일요일, 무이를 강타한 것이 싱크홀이냐 쓰나미냐의 차이만 있을 뿐, 여러 정황이 비슷해서 사람들은 그것이 허구인지 사실인지 구분할 수 없었다. 놀라운 생존 기록이거나 소름 끼치는 허구이거나, 둘 중 하나일 거였다.

사람들은 시나리오 속의 한국인 여자에 주목했다. 이름은 고요나. 타지의 재난에 휩쓸려 죽은 여행사 직원. 한국인 여자의 소지품 몇 가지가 무너진 리조트 안에서 발견되면서 시나리오에 대한 관심은 더 커졌다. 요나로 추정되는 시신은 아직 발견되지 않았지만, 몇몇 사람들은 그 시나리오를 입수해서 다른 인물들을 찾아보기도 했다.

정글에 고요나를 찾는 사람들이 많아졌다. 대부분 언론사에서 걸려 온 전화였다. 후임자는 얼굴도 가물가물한 전임자를 떠올리기에 바빴지만, 어떻게 대답해야 정답에 가까운 것인지는 가늠하기 힘들었다. 아무래도 그들이 원하는 것은 사적인 걸 거라고, 사람들이 말했다. 그러나 후임자가 아는 사적인 요나의 모습은 없었다. 공과 사를 구분하지 않는 회사

로 유명했음에도, 후임자는 요나에 관한 에피소드를 많이 알
고 있지 않았다. 고요나는 흔적을 남기기 싫어하는 사람이 있
거나, 아니면 벌써 잊힌 사람이 분명했다. 요나에 관한 에피소
드를 그나마 아는 사람들이 한마디씩 보태서 몇 가지 사연이
공개되었다. 요나가 1.5켤레의 신발을 잃어버린 이야기도 있
었고, 최근 몰두했던 프로젝트에서 밀려 속상해했다는 얘기
도 있었다. 여행지에서 길을 잃었다는 얘기도 있었다. 자진해
서 여행지에 남겠다고 한 얘기도 있었다. 요나가 살아 있더라
도 기억 못 했을 일화들도 있었고, 실화가 아닌 일화들도 있
었다.

　요나의 후임자는 유통기한이 짧은 부음을 다룰 때처럼, 무
이 프로젝트를 지휘했다. 요나의 메일을 열어 보는 것은 어렵
지 않았다. 그 계획들은 어떻게든 서울로 전달되었고, 그건 요
나가 만든 여행 프로그램 중에서 가장 역동적이었다. 물론 프
로그램은 조금 수정이 필요했다. 이미 화산과 온천, 사막의 싱
크홀들은 쑥대밭이 되어 있었기 때문에 새로운 명물들로 프
로그램을 채워야 했다. 그중 대표적인 것 하나가 붉은모래사
막의 두 동강 탑이었다. 쓰나미에 폴의 탑은 두 동강이 나고
말았는데, 부러진 단면에 하필 거대한 나무가 새 둥지처럼 박
혀 버렸다. 이 일대에 많은 교살자무화과나무였고 그 뿌리가
어디 하나 다친 구석도 없이 탑을 단단히 동여매는 바람에,

그것은 꽤 볼만한 풍경이 되었다. 탑이 마치 나무의 새 숙주가 된 듯했다. 그 풍경이 홍보물의 겉표지를 장식했다.

이 사진이 무이의 참사를 알리는 대표적인 이미지로 알려진 것과 달리, 무이에서는 그 탑을 철거할 것인가 말 것인가를 놓고 논란이 계속되었다. 무이는 재난 극복 프로그램의 혜택을 받게 되었는데, 그 탑에 대해서는 좀처럼 의견이 모아지지 않았다. 어떤 사람들은 그것이 시각적으로 아주 훌륭한 교훈이 된다고 말했고, 또 어떤 사람들은 아픔의 흔적이니 어서 치우는 게 마땅하다고 말했다. 논쟁 속에서 탑과 나무는 한 계절이 가도록 불안한 동거를 지속했다.

무이의 사연이 완벽하게 잊히기 전에, 그리고 아직 그 두 동강 탑이 그대로 버티고 있을 때, 여행은 시작되었다. 마침 무이는 건기로 접어들어 여행하기에 좋았다. 사람들은 저마다 교훈이나 충격, 혹은 봉사나 안도를 위해 무이로 왔다. 사람들이 받은 안내 책자의 세 번째 장에는 출장 중에 최후를 맞은 여행 프로그래머의 이름과 사연이 실려 있었다. 요나의 이름은 감히 누락될 수 없을 만큼 홍보 효과가 컸다. 가이드루가 고요나와 황준모에 대한 회고록을 내면서 홍보에 한몫했다.

이른 아침이면 맹그로브 숲 일대에는 해보다 먼저 카메라가 떠올랐다. 거대한 쓰나미에도 살아남은 맹그로브 나무들의 생명력은 여행객들에게 경이로움을 안겨 주었다. 그곳에 정박한 수상 가옥들은 더 이상 다른 곳으로 움직이지 않았다. 어떤 이는 커다란 책을 들고 수상 가옥 앞에 앉아 있곤 했다. 책은 사람들로부터 그의 얼굴을 보호하는 방패 역할도 했는데, 그 책의 겉표지에는 고요나란 이름이 적혀 있었다. 여행객들은 앉아 있는 사람의 뒤편으로 가서 책의 내용을 확인할 수 있었다. 펼쳐진 책의 한 면에는 커다란 카메라 그림이, 다른 한 면에는 달러 표시가 되어 있었다. 몇 사람은 1달러를 내고 책 읽는 사람의 사진을 찍었다.

럭 역시 생존자들 중 한 명이었다. 럭은 타지에 있느라, 8월의 첫 번째 일요일을 피할 수 있었다. 그러나 무이에 돌아왔을 때, 그는 요나가 한국으로 무사히 돌아가지 못했다는 사실을 알았고, 무너졌다. 호찌민에서 요나를 만날 수 없었지만 일상상의 작은 오류가 있을 거라고 믿었던 것이다. 그러나 요나는 싸늘한 시체로 발견되었다. 럭은 바다를 향해 찢어질 듯소리를 질렀다. 휘청거렸다. 어떤 사람들은 그가 럭이라는 사실을 용케 알아내고, 그를 찾아왔다. 그에게서 이야기를 듣고싶어 했다. 그를 찍고 싶어 했다. 카메라나 녹음기를 들이대는사람도 있었다.

"저만치서 그 여자의 스커트 자락이 바람에 휘날렸어요. 붉은색 스커트였어요. 그녀가 탑의 중간쯤 갔을 때, 돌과 돌의 틈새로 그 붉은 스커트가 신호등에 불 들어오듯 잠깐 켜졌다가 금세 사라졌죠. 현기증이 밀려왔어요, 그게 우리의 시작이었죠."

그건 황준모의 시나리오에 쓰여 있던 럭의 대사였다. 사람들은 럭에게서 그런 말을 기대했는지도 모르지만, 럭은 아무 말도 하지 않았다. 사람들이 럭의 침묵에도 불구하고 그를 놓지 못한 것은 요나의 유품이었던 카메라 안에서 복원해 낸 사진 파일 때문이었다. 하나는 초점이 맞지 않는 럭의 사진. 다른 하나는 보트에 누워 있던 럭과 요나의 사진. 그 두 개의 사진 파일은 황준모의 시나리오가 마냥 허구가 아닐 수도 있다는 해석을 낳았다. 그 사진을 제대로 쳐다보지 못한 이는 럭 한 사람뿐이었다.

"당신은 고요나 씨와 무슨 관계였죠? 연인이었나요?"

사람들이 물었다.

"사건이 있기 전 고요나 씨를 마지막으로 본 게 언제죠?"

"고요나 씨의 시체가 있을 만한 곳을 아나요?"

"저 기록에 의하면 당신이 고요나 씨의 현지인 애인이라던데요?"

질문은 무례하고 뻔했다. 그러다 점차 빈도와 강도가 막연해져 갔다. 대답 없는 럭에게 사람들은 결국 이런 질문까지 던졌다.

"고요나 씨를 아나요?"

릭은 팀팀한 목소리로 내뱉했나.

"모릅니다."

릭은 사람들을 등졌다. 거짓말만이 릭을 구원할 수 있었다.

"숨을 만한 곳은 그 숲뿐인 것 같아요. 맹그로브 숲."

요나가 악어들을 위해 생각해 낸, 그 공간이 이제는 죽은 요나가 숨을 수 있는 유일한 곳이 되었다.

한 뼘 더 육지로 가까워진 바다를 향해 릭은 걸었다. 저만치 바람이 쓸고 간 모래의 흔적들이 그녀의 살결과 닮았다고 생각하면서, 감히 저들에게 그녀의 몸도, 그녀의 이야기도 내줄 수 없다고 생각하면서, 릭은 그렇게 바다로 갔다. 그녀의 모국에서 흘러온 것들이 아직 해변에 널려 있었다. 릭이 읽을 수 있는 말들도 더러 있었고, 읽을 수 없는 말들도 있었다. 릭은 맹그로브 숲 깊숙이 들어갔다. 누구도 따라오지 못할 만큼 깊숙이. 카메라 셔터 소리도 어떤 신문도 어떤 뉴스도 따라오지 못할 만한 좁은 통로로. 그 길을 거슬러 올라가는 동안, 릭의 머릿속에서 아무도 보지 못할 별들이 켜졌다가 꺼지고 켜졌다가 꺼지기를 반복했다.

저 뒤 어딘가에서 탑을 내리는 소음이 들리기 시작했다. 나무뿌리가 바람에 시계추처럼 흔들리지만 않았다면 그것은 영원히 그 자리에 걸려 있었을지도 모른다. 결국 안전을 위해 그 나무를 탑에서 내리기로 합의가 되었고, 탑도 그 땅에서 뽑혀 나갔다. 고민의 시간은 몇 달을 지나 왔으나, 나무를 내리는 데 걸린 시간은 10분도 채 되지 않았다. 탑과 나무 사이에서, 몇 구의 시체들이 다 익은 열매처럼 툭툭 떨어졌다. 그러나 거기에도 요나는 없었다.

작가의 말

글을 쓰는 동안 어떤 달뜬 감정에 사로잡힐 때도 있는데, 그 감정을 설명하기에 가장 좋은 건 역시 온도다. 그 감정은 적당히 따뜻하고 나른한 형태여서 내게 일종의 광합성 효과를 준다. 카페에서도 내가 선택하는 자리는 주로 벽을 등지고 통유리 창을 멀리서 바라보는, 양지보다는 음지에 가까운 위치인데 이상하게 글을 쓸 때는 온 피부가 다 태양열 집열판이 된 것 같은 기분이다.

피부가 다 태양열 집열판이 되면, 세상에 자극 아닌 것이 없고, 관계없는 것이 없다. 한때 나는 갑각류의 단단한 외피를 꿈꾸며 글을 쓰기 시작했다. 그건 외피 안에 숨어 적당히 둔감하고 싶어서였는데, 쓰다 보니 오히려 그 반대가 되고 말왔다. 말 그대로 아무 보호막 없이 덩그마니 놓인 태양열 집 열판. 그러니까 나는 외피 안에 들어간 게 아니라 외피 그 자체가 된 거다.

『밤의 여행자들』을 쓰는 동안 계절이 두 번, 혹은 세 번쯤 지나갔다. 그 시간 동안 내가 스쳤던 수많은 '삶'의 여행자들께 감사한다.

2013년 10월

윤고은

정오의 그림자
— 어디에도 없고, 어디에나 있는

강유정(문학평론가)

여행에서 얻는 앎은, 쓰라린 앎이어라!
— 보들레르

1 주사위를 던지다

윤고은의 소설에는 '먼 곳'이 종종 등장한다. 화장실에서 소설을 쓰는 여자는 인베이더 그래픽을 따라 파리와 브루클린, 닐 스트리트까지 간다. 하루 종일 책상에 갇힌 회사원은 드디어 아이슬란드를 향해 떠난다. 그들이 머무는 곳은 '여기'지만 그들이 꿈꾸는 곳은 '거기'이다. 비록 '여기'는 남루하고 비좁지만 '거기'는 다르다. 일단 그곳은 여기에서 매우 멀다.

흥미로운 것은 그들이 물리적으로 먼 곳에 가는 것이 아니라는 점이다. 오히려 윤고은의 소설 속 인물들은 비(非)-여행한다. 그들은 여행하지 않음으로써 더 많은 곳을 여행한다. 가령 그들은 직접 비행기를 타고 떠나기보다 웹 사이트 너머의 시간을 보며 이국적 '거기'를 체험하고, 사이드북을 통해 그곳을 그린다. 그런 점에서 그들의 비(非)-여행은 우리가 상상이라고 부르는 영혼의 망명과 닮아 있다. 윤고은의 소설에서 여행은 상상의 질감과 같다.

여행은 이곳, 즉 일상에서 벗어나는 행위이다. 이념 영역에서의 일탈에 대한 상상 역시 여기의 질서나 법칙을 횡단한다. 이런 맥락에서 윤고은의 소설은 비유적으로 말해 매우 독창적인 여행서라고 말할 수 있다. 우리는 윤고은의 가이드에 따라 일인용 식사법을 가르치는 학원에 방문하기도 하고 벼룩이 창궐하는 아파트로 안내되기도 한다. 윤고은은 '거기'를 창조하고 또 거기로 이끄는 안내자이기도 하다. 그곳은 개연성 있는 상상의 공간이기도 하고 다만 여기에서 아주 멀리 떨어진 이방이기도 하다.

그들이 '거기'의 삶을 꿈꾼다는 것은 '지금, 여기'의 삶에 결핍이나 문제가 있음을 보여 준다. 윤고은의 소설 속 인물들은 대개 이곳에 있을 공간이나 자리를 마련하지 못한 자들이다. 그들은 고작 가로, 세로 120센티미터 안팎의 좁은 책상 하나를 지키기 위해 전전긍긍한다. 이는 그들이 월드 와이드 웹의 창문 너머로 훌쩍 떠나는 이유가 되기도 한다. 책상은 좁지만 모니터 너머로 접촉할 수 있는 세상은 넓다. 비록 이곳에 겨우 존재하지만 상상이라는 출구를 통해 그들은 더 넓은 세상과 만난다.

이런 흐름에서 보자면, 『밤의 여행자들』은 매우 전형적인 윤고은식 작품으로 보이기도 한다. 직장 생활에 위기를 느낀 주인공 '고요나'가 무이라는 여행지로 떠난다, 라는 한 줄의 시놉시스만 보면 말이다. 하지만 단언컨대 『밤의 여행자들』은 윤고은의 소설적 세계의 전회이자 또 다른 도약임에 틀림없다. 직장, 자리, 상상, 여행, 일탈이란 기표는 동일하지만 그 기의는 섬뜩하리만치 지금까지와는 정반대 방향을 가리키고 있다. 윤고은이 여행과 일탈, 상상이란 소설 언어에서 낭만을 완전히 삭제했기 때문이다. 낭만적 망명으로서의 여행은 『밤의 여행자들』에 이르러 더 지독한 삶을 의미하게 되었다. 여행지에서도, 상상에서도, 일탈에서도 이제 현실원리가 낭만을 지배한다.

보들레르는 "여행에서 얻는 앎은, 쓰라린 앎이어라!"라고 말한 바 있다. 『밤의 여행자들』의 요나의 여행이 그렇다. 『밤의 여행자들』은 윤고은이 마지막으로 남겨 두고 싶었던 유토피아와 결별하는 소설적 공간이며 지독한 현실의 중압감을 다른 방식으로 허구화한 첫 작품이자 자신의 어떠한 문학적 기록을 거절하는 첫걸음이다. 아마도 우리는 『밤의 여행자들』이후 달라진 윤고은을 만나게 될 것이다. 삶이 되고 만 여행, 현실의 무게에 짓눌린 상상, 그렇다면 과연 『밤의 여행자들』은 어떤 소설적 공간이며 또 윤고은이 이 전회를 통해 하고 싶은 말은 과연 무엇일까?

2 비(非)-여행의 패러독스, 일상이라는 재난

꿈꾸는 게 여행이라면 현실은 관광이다. 이곳을 훌쩍 떠나 일상의 무게를 덜어 내는 이상적 기획은 떠나는 순간 관광이라는 비즈니스에 걸려 주춤거리게 된다. 요나에게도 그렇다. 여행사 직원인 요나에게 여행은 낭만적 일탈이 아니라 관광 사업이며 예측 불가능한 모험이 아니라 기획된 상품이다. 요나에게 여행은 환멸을 경험한 첫사랑과도 같은 것이다. 중요한 것은, 요나가 여행을 기획한다는 사실이 아니다. 요나가 기획하는 상품은 바로 '재난 여행'이다. 재난 여행이란 재난으로 폐허가 된 지역을 관광하는 것이다. '안정적인 매력'을 주는 아이슬란드나 유명 관광지의 인베이더 그래픽과 달리 요나의 여행지는 재난 지역이다.

그렇다면 왜 재난 여행일까? 작가는 요나의 입을 빌려, 재난 지역을 관광하는 사람들의 심리를 이렇게 설명한다.

일상에서 위험 요소를 배제하듯, 감자의 싹을 도려내듯, 살 속의 탄환을 빼내듯, 사람들은 재난을 덜어 내고 멀리하고 싶어 했다. 그렇지만 그렇게 배제된 위험 요소를 굳이 찾아 나서는 사람들도 있었다. 그들은 생존 키트나 자가발전기, 비상 천막 같은 것을 챙기면서, 재난이라고 부를 만한 것을 찾아다닌다.

— 11쪽

"너무 가까운 건 무섭거든요. 내가 매일 덮는 이불이나 매일 쓰는 그릇과는 어느 정도 거리가 있어야 더 객관적으로 보이지 않나요?"

— 55쪽

여행을 떠남으로써 사람들이 느끼는 반응은 크게 '충격→동정과 연민 혹은 불편함→내 삶에 대한 감사→책임감과 교훈 혹은 이 상황에서도 나는 살아남았다는 우월감'의 순으로 진행되었다. 어느 단계까지 마음이 움직이느냐는 사람마다 다르지만, 결국 이 모험을 통해 확인할 수 있는 것은 재난에 대한 두려움과 동시에 나는 지금 살아 있다는 확신이었다. 그러니까 재난 가까이 갔음에도 불구하고 나는 안전했다, 는 이기적인 위안 말이다.

— 61쪽

쾌락원칙에 의하면 우리는 재난이나 고통을 원해서는 안 된다. 즉 지독한 기난이나 병마와 싸우는 사람들을 보고 싶어 하면 안 된다. 고문으로 사지가 찢긴 신체나 가혹한 폭력은 외면해야만 한다. 조르주 바타이유는 '백각형'이라는 사진을 통해 이 아이러니에 접근했다. 생각과 달리 사람들은 잔혹성에 눈을 뺏긴다. 조르주 바타이유는 여기서 전도된 에로티시즘을 발견했다. 그가 말하는 에로티시즘은 고통이 주는 강한 삶의 열망이라고 할 수 있다. 말하자면 사람들은 타인의 고통 속에서 살아갈 힘, 에로스를 얻는다. 고통은 망막에 새겨졌을 때 강력한 이미지로 인식된다. 지독한 고통에 시달리는 이웃을 이미지로 확인할 때, 사람들은 값싼 우월감을 구매한다. 어마어마한 재난 지역을 뉴스로 보며 사람들은 감히 체험키 어려운 숭고를 접한다. 직접적 체험으로서의 재난이 위대한 자연의 숭고를 깨우쳐 준다면 렌즈를 거친 재난은 흥미로운 스펙터클과 다를 바 없다.

하물며 재난 여행이란 무엇인가? 관광으로서의 재난은 자연의 섭리를 인간의 도모로 봉합하려는 기획이라고 할 수 있다. 기획된 재난, 관광으로서의 재해는 자연의 숭고와는 거리가 멀다. 그것은 자연을 마침내 조종했다는 교만의 행위이다. 재난 여행은 재난의 숭고를 빠르게 소모한다. 재난의 숭고는 관광으로 기획되는 순간 싸구려 상품이 되고 만다. 구매할 수 있는 숭고는 없다. 구매하는 순간, 재난은 이미 재난이 아니다.

하지만 재난의 스펙터클은 경제적으로 가치가 있다. 재난은 편재하거나 동시적이지 않기 때문이다. 여기엔 더 이상의 팽창이나 발전을 기대하기 어렵다는 묵시록도 자리 잡고 있다. 사람들은 팽창 가능한 미래를 상품으로 여기지 않는다. 아파트를 지어 올릴 여지도, 올라갈 주가지수도, 파헤칠 산도 없다. 이젠 팽창보다는 불모나 파괴가 훨씬 더 개연성 있게 받아들여진다. 미래보다는 묵시록이 훨씬 더 매력적이다.

사람들이 더 이상 미래를 믿지 않을 때 묵시록은 유토피아를 대체한다. 점차 통제 불가능하다는 것 자체에 매혹된다. 그러므로 재해는 지금, 이곳의 사람들이 가진 집단적 상상력이 가닿기 가장 알맞은 이미지가 된다. 재난은 불가항력적이고 예측 불가능하며 무자비하지만 자연스럽다. 예측 불가능한 미래가 상품이 되고 재난을 소비함으로써 사람들은 불안을 털어 낸다.

윤고은은 재난 그 자체가 아니라 재난의 이미지가 상품이 되는 세상을 통해 묵시록적인 세계를 그려 낸다. 중요한 것은 윤고은이 그려 낸 이 공간이 단순히 재난을 추앙하는 종말의 묵시록이 아니라, 그마저도 이미지로 소유하고 상품으로 소비하는 후기 자본주의사회의 섭리를 형상화했다는 사실이다.

이는 현재에서 증상을 발견하고 증후로 읽어 내는 예민한 작가적 김수영의 반영이기도 하다. 재난 여행이란 허구는 이곳의 현실보다 더 개연적이며 때로 핍진하다.

따라서 이제 여행은 여행하지 않음으로써 여행하는 비(非)-여행이 아니라, 여행조차도 일상에 오염되는 반(反)-여행으로 전도된다. 요나가 무이로 떠나는 여행이 그렇다. 현실원리가 비(非)-여행의 공간마저 점령했기 때문이다. 이미 요나가 살고 있는 지금, 이곳의 삶이 재난이며 재해이고 비극이다. 여행사의 작은 '자리' 하나를 지키기 위해 요나가 감수해야 하는 굴욕은 요나가 실제 재해 현장에서 겪는 고통보다 더 사실적이며 극심하다.

요나에게는 서울 역시 생존해야만 하는 재해 현장이다. 능력 있는 여행 기획자로서의 자리를 지키는 것, 그것은 재난 지역에서 살아남기와 마찬가지의 긴장감을 불어넣는다. 능력 있는 기획자였던 요나는 회사로부터 '옐로카드'를 받는다. 직장 상사인 김이 그녀를 노골적으로 성추행한 것이다. 그의 추행이 경고장인 이유는 단 하나이다. 그는 자리가 위태로운 사람만 골라 성추행을 해 왔다. 결국 김의 성추행은 요나가 회사에서 쓸모없어졌다는 것을 상징한다.

소설 앞부분에 묘사된 회사의 분위기는 뜨끔할 만큼 사실적이면서도 상징적이다. 회사의 이름이 정글인 것도 눈길을 끈다. 요나에게 회사는 정글이고 회사는 자본의 지표로 움직이는 밀림이다. 자본주의사회에서 회사의 질서는 이윤 창출의 원칙 아래 지켜진다. 바우만이 말하는 질서가 "그냥 거기 있는 것", "그 자체를 위한 것"이라면, 요나에게는 회사가 그렇다. 정글은 쓸모를 통해 공간의 소유를 결정한다.

윤고은이 『밤의 여행자들』에서 보여 주는 회사라는 세계는 감수성이 사라진 현실이다. 감성(sensitivity)이 정보를 처리하는 인간의 감각 능력이라면 감수성(sensibility)은 맥락을 이해하고 관계를 공감하는 능력이다. 그런 점에서, '정글'은 감성만 있고 감수성이 부재하는 공간이다. 비단 정글만이 아니다. 정글은 우리가 살아가고 있는 현실, 감수성 없이 감성의 인식만으로 세상을 버텨 나가는 여기, 이곳의 반영에 가깝다. 정글이 곧 현실이라는 상상력은 윤고은이 우리가 처한 삶을 이윤 창출의 회사와 다를 바 없다고 판단했음을 보여 준다.

여행사 직원 요나가 여행 예약을 취소하려는 고객의 요구를 거부하는 장면을 보자. 지독하리만큼 환불 불가를 반복하는 요나는 녹음된 약정을 읽는 ARS 기계와 다를 바 없다. 요나의 '자리'는 해독을 요구하지 않는다. 해독하지 않아도 정글은 잘 돌아간다. 아니, 해독하지 않을수록 정글은 잘 유지된다. 입력된 코드를 송출하는 기계에게 맥락은 필요 없다. 그러므로 이미 요나에게 현실은 곧 재난이며 하루하루의 삶은 생존의 전쟁이다. 재난이 성장 가능한 미래에 대한 불신이라면 요나에게 미래는 이미 재난이다. 아니, 윤고은은 우리의 삶을 이미 '재난'으로 선포한 셈이다.

3 진짜 공포의 감수성

퇴출 위협을 느낀 요나는 퇴출 여행 후보지인 '무이'로 떠나게 된다. 원하지 않았지만 출장은 불가피했다. 며칠 동안 관광객으로 위장한 요나는 재난 여행지로서의 무이를 점검한다. 문제는 요나가 탈선하게 된다는 데 있다. 여행을 마치고 한국행 비행기를 타러 돌아가던 길에 그만 일행에게서 떨어져 나간다. 가방, 여권, 지갑을 모두 잃어버린 요나는 이제 진짜 이방인이 되어 혼자가 되고 만다.

그런데 정말 기이한 것은 이상하리만치 요나에게 어떠한 인간관계도 없다는 점이다. 요나에게는 가족이나 연인, 친구가 없다. 낙오된 그녀가 한국으로 되돌아오기 위해 생각해 낸 연락책은 그녀의 직장 정글이 전부다. 요나가 낙오되거나 한국에 돌아가지 못한다 해도 그것을 걱정해 줄 사람은 아무도 없다. 심지어 요나가 돌아오지 않았다는 것을 알아야 할 사람조차 없다. 정글을 제외하고는 말이다.

요나는 철저히 회사 정글의 한 '자리'로서만 존재한다. 그녀에게 정글은 단순한 직장이 아니라 존재의 좌표라고 할 수 있다. 윤고은에게 이방은 언제나 탈출구였다. 하지만 무이는 탈출구이거나 유토피아로서의 구실을 하지 못한다. 쓸모없음으로 쓸모를 찾는 낙오자의 대열에 요나는 은근슬쩍 호출되고 만다. 사람들은 모두 '파울' 때문이라고 말한다. '파울'은 '무이'도 움직인다. 요나가 가방과 여권, 지갑을 모두 잃고 낙오되었을 때도 사람들은 파울을 찾으라고 말한다. 파울, 폴(Paul)이라고 불리기도 하는 것, 요나의 정글도, 요나의 한국도, 요나의 무이도 모두 파울이 움직인다. 파울은 말하자면 보이지 않고, 볼 수도 없는 절대자로 군림한다.

파울은 재난 여행 지역의 퇴출을 위기로 받아들인다. 그래서 파울은 인위적으로 재난을 기획하기로 한다. 시나리오 작가가 초대되고 엑스트라와 주인공 들이 자기도 모르는 사이에 섭외된다. 그런데 이 시나리오에 요나가 갑작스레 삽입된다. 예기치 못했던 낙오로 요나는 기획 파국의 시나리오에 끼어들게 된다. 문제는 또 자리이다. 무이에 잔류할 것이라고 예상하지 못했던 요나가 있음으로 인해 그녀의 '쓸모'를 고안해야만 하는 것이다. 남게 된 이상 요나는 시나리오 속에서 어떤 역할을 맡아야만 한다. 정글과 마찬가지로 무이에서도 쓸모가 없으면 존재할 필요가 없다.

그런 점에서 파울은 우리가 '자본주의'라고 부르는 질서나 법칙과 닮아 있다. 질서기 어떤 사건의 보이지 않는 소송이라면, 그러니까 사건이 무작위로 발생하지 않도록 개연성에 개입하는 어떤 힘이라면 파울이야말로 바로 그 질서이다. 질서는 지배계급의 사상이자 이념의 결과물이다. 그러므로 파울은 지금 우리가 살아가고 있는 지배적 이데올로기, 자본주의의 거대한 시나리오로서의 질서라고 말할 수 있다. 무이에서도, 정글에서도, 한국에서도, 베트남에서도 영향을 미치는 보이지 않는 손, 그것은 바로 쓸모없음도 쓸모로 활용하는 자본의 손길과 다를 바 없다.

너무도 당연하게, 파울은 쓸모없음의 쓸모를 찾는다. 기획된 재난의 시나리오에서 가장 중요한 역할도 바로 쓸모없는 존재들이다. 쓸모없음으로 쓸모를 입증해야만 하는 자들, 파울은 그들을 '악어'라고 부르며 역할을 준다. 자본의 거대한 기획 앞에서 난민들은 캐스팅이 된 줄도 모른 채 어느새 역할을 맡게 된다. 파울의 세계에서는 재난도 삶도 죽음도 모두 다 파울의 기획인 셈이다.

그렇게 파울은 퇴출 위기에 놓인 무이의 재난을 현재형으로 리뉴얼한다. 8월의 첫 번째 일요일이 이 기획 재난의 개봉일로 준비된다. 이제 연출만이 남아 있는 시점, 그런데 재난 직전에 요나가 감수성을 회복한다. 아무런 쓸모가 없는 그리고 자신의 자리마저 불분명한 이방, 무이에서 요나는 '럭'을 만나 사랑에 빠진다. 쓸모없음을 지당한 쓸모로 받아들이는 럭을 보며 요나는 사랑을 느끼게 되는 것이다. 하지만 이미 말했다시피, 파울에서 가장 불필요한 것은 바로 감수성이다. 파울의 기획에는 역할, 자리, 감성만 있으면 된다. 감수성은 기획을 그르칠 뿐이다. 감수성을 가진 개인을 파울은 허용하지 않는다.

시나리오는 기획된 재난을 향해 하나둘씩 준비를 마쳐 간다. 그러나 이 8월의 첫 일요일에 진짜 재난이 엄습한다. 『밤의 여행자들』에는 이러한 존재론적 전회가 세 번 등장한다. 하나는 위장 여행객으로 출장을 떠났던 요나가 모든 짐을 잃고 낙오됨으로써 진짜 여행자가 된다는 것이다. 두 번째는 파울이 기획한 재난이 진짜 발생함으로써 무이가 진짜 재난 지역이 된다는 것이다. 마지막 세 번째는 한국에서도 정글에서도 그 누구와도 관계를 맺지 않던, 즉 감수성이 없던 요나가 여행자가 되어 사랑에 빠지고 만다는 것이다. 여행자가 되어, 자리를 잃고, 갈 곳을 잃고 심지어 자신의 정체성을 규명할 객관성을 잃고 나서야 요나는 비로소 감수성을 회복한다.

사랑하는 사람을 잃는다는 공포는 진짜 공포이다. 자리를 잃을지도 모른다는 생존의 긴장감을 공포로 알고 있던 요나는 사랑 앞에서 진짜 공포를 체험한다. 진짜 공포는 내 자리를 잃는 게 아니라 당신을 잃는 것임을 아는 순간, 진짜 재난이 기회를 뒤덮는다. 그렇다면 결국 요나는 미혹을 맞게 된 것일까? 아니면 비로소 파울의 질서를 벗어나 진짜 스스로가 된 것일까?

4 클라우드 나인: 낭만적 실종과 향수

내 생애의 짧은 기간이 그 전과 후의 영원 속에 흡수되는 것을 볼 때, 내가 지금 차지하고 있는 눈앞에 보이는 작은 공간이 내가 모르고 또 나를 모르는 무한대의 공간 속에 흡수되는 것을 볼 때, 나는 저곳이 아닌 이곳에 있는 나를 바라보며 공포에 떨고 놀란다. 왜냐하면 저곳이 아닌 이곳에, 다른 시간이 아닌 이 시간에 있어야 할 아무런 이유도 없기 때문이다. 누가 나를 이곳에 태어나게 하였는가. 누구의 명령과 행동으로 이 장소와 이 시간이 나에게 지정되었는가.*

이방인에게 말을 걸지 말아야 함에도 요나는 럭과 대화를 나눈다. 결국 그녀의 역할이 정해지고 그 역할에 따라 그녀의

---

* 파스칼, 이환 옮김, 『팡세』(민음사, 2003), 79쪽.

운명이 결정된다. 개인의 선택이 운명을 지어 가는 게 아니라 주어진 역할이 운명을 결정한다. 운명을 결정하는 보이지 않는 손, 그게 바로 윤고은이 『밤의 여행자들』에서 말하고자 하는 핵심이다. 서울이라는 정글에서 그 손은 회사였고, 무이에서 그 손은 파울이었으며, 파울에게 그 손은 자연이다.

주목해야 할 것은 그녀의 운명을 결정지은 것은 바로 자본, 회사가 준 역할이었다는 점이다. 기획된 재난에 의해 그녀는 목숨을 잃는다. 완벽한 기획은 실현됨으로써 더욱 완벽한 아이러니가 되고 만다. 요나의 운명이 뒤바뀐 까닭은 그녀가 주어진 역할이 아닌 자발적 선택을 해서이다. 요나는 역할에서 주어지지 않은 사랑, 즉 감성이 아닌 감수성의 세계로 이탈하고 만다.

말하자면 무이는 영화 「트루먼 쇼」처럼 만들어진 기획 공간이었다. 하지만 요나는 시나리오에서 벗어나 선택을 한다. 이 선택은 그녀에 대한 질서의 강한 송환을 불러온다. 무이에서, 정글에서, 서울에서 질서는 주어진 역할을 지키는 것이다. 선택을 한다는 것은 역할을 벗어난다는 것과 동의어이다. 그래서 그녀는 다시 한 번 쓸모없음으로 자신의 쓸모를 입증하게 된다.

요나는 럭의 육체를 통해 감수성을 회복한다. 그녀는 천천히 냄새 맡고, 어루만짐으로써 감수성을 찾아 나간다. 그리고 그 과정을 거쳐 '교살자무화과나무'의 공포를 실감한다. 진짜 공포는 '잃을 것'과 '지킬 것'을 가진 자들이 느끼는 슬픔이다. 그것은 언어하디거나 숫자로 환원되었던 어떤 감성이 아니라 강렬한 자극이며 그것에 대한 감수성이었다.

럭은 요나에게 인위적 재난이 아닌 숭고한 공포를 알려 준다. 교살자무화과나무의 공포는 우주의 힘 앞에서 느끼는 인간적 약함에서 비롯된다. 그 공포는 바로 숭고한 감성이다. 도시에서는 맛볼 수 없는 초월적 감정들을 재난 여행의 현장에서 경험한다. 결국 사랑을 알게 된 후, 땀 흘리는 육체를 안고 난 후, 요나는 그곳에서 클라우드 나인(cloud nine)을 만난다.

하지만 작가 윤고은은 그런 곳, 인생에서 최고로 행복한 절정의 순간을 맛볼 클라우드 나인은 현실에 없다고 말해 준다. 럭을 알게 된 요나는 8월의 첫 번째 일요일, 무이에서 죽고 그녀는 풍문 속에 봉인된다. 요나는 탈선함으로써 이탈했지만 결국 그녀에게 죽음 이외의 자리는 허락되지 않는다. 그것은 관광으로도, 여행으로도, 카메라의 셔터로도 잡을 수 없는 완전한 실종이다. 그렇게 사랑은 실종으로 완성되고 허구로 보존된다. 무화과 열매처럼 툭툭 떨어지는 이미지로, 완벽한 실종이 실현하는 완전한 세계, 윤고은이 말하는 숭고한 세계가 그렇게 완성되는 것이다.

오늘의
젊은 작가
03

밤의 여행자들

윤고은 장편소설

1판 1쇄 펴냄 2013년 10월 11일
1판 22쇄 펴냄 2024년 10월 4일

지은이   윤고은
발행인   박근섭·박상준
펴낸곳   (주)민음사

출판등록   1966. 5. 19. 제16-490호
주소   서울특별시 강남구 도산대로1길 62(신사동)
          강남출판문화센터 5층 (우편번호 06027)
대표전화   02-515-2000 | 팩시밀리 02-515-2007
홈페이지   www.minumsa.com

ISBN 978-89-374-7303-6 (04810)
ISBN 978-89-374-7300-5 (세트)

* 이 책은 2013년 대산창작기금을 수혜하였습니다.
* 잘못 만들어진 책은 구입처에서 교환해 드립니다.